Wolfdietrich Schnurre

Ich brauch Dich

List Verlag

Gestaltung des Schutzumschlages: Design Team, München

1.—5. Tsd. September 1976
6.—8. Tsd. März 1977

ISBN 3-471-78722-4

Satz und Druck: Wenschow GmbH, München
Bindearbeit: Conzella, München

INHALT

LEITPLANKE

Goethe: »Die Psyche des Weibes rückt dasselbe, auch wenn es dies nicht immer wahrhaben möchte, eng an den Eros und an all seine wohlpräparierten Untergötter heran, als da sind Haß, Unterwerfung, Begierde, Hingabe, Aufbegehren, ja, Ungehorsam wider die Natur. Deshalb ist dem Weibe in seinen leidenschaftlichsten Protagonistinnen die Unsterblichkeit sicher. Während allen in gleiche Richtung zielenden Anstrengungen des Mannes letztlich nur einer den Gewißheitsstempel aufdrückt: der Tod.«

Eckermann: »Das sind mir ja *schöne* Geschichten!«

FÜR MARINA

WENDEMARKE

Nanu. Du sitzt hier im Park auf ner Bank?
Rasen war leider zu feucht.
Ich wollt den Weg abschneiden, den zur Bushaltestelle.
Logisch; bist ja *nie* spazierngegangen.
Tatsache; fällt mir jetzt auch auf. Erlaubst du?
Angenehm, wie höflich du bist.
Stimmt; ich hätt oft netter sein müssen.
Sein *können;* ›müssen‹ wär Zwang.
Du bist sehr liebenswürdig.
Du sagst seltene Sätze heute.
Bist ja auch selten so ausgeglichen gewesen.
Rauchst du mit?
Lieber nicht. Weißt ja, die Lunge.
Hm.
Tja.
Schöner Morgen. So friedlich.
Apropos. Die Anwälte kannten einander, hast du gemerkt?
Die kennen sich alle. Hat dir meiner gefallen?
Klasse, der Mann. Bißchen *zu* deutlich vielleicht.
Lag am Richter. Er hätt mal die Hand vom Ohr nehmen solln.
Unser Fall hat ihm s Lid zucken lassen.
Merkwürdig.
Was.
Wir führn ein Gespräch. Du gehst auf mich ein.
Da siehst du.
Da seh ich *was.*
Daß es geht.
Bißchen spät, nein?
Hab dich heut früh mit neuen Augen gesehn.

Ach.
Zugegeben, die Situation –
Noch ungewöhnlicher find ich die Zeit.
Sie *müssen* so früh anfangen, sie kommen nicht durch sonst.
Ich mein die andre: Unsre acht Jahre, die du *gebraucht* hast, um mich so sehen zu lernen.
So n Reifeprozeß, der läppert sich eben.
Bloß die Ernte muß man für diesmal vertagen.
Ich hätt n Dreh finden müssen, um dir n Alltag schmackhaft zu machen.
Bißchen schwierig, wenn man ihn selber verkörpert.
Mein blödes Arbeitsethos dran schuld; da wird man verbiestert.
Schade um die schöne Selbsterkenntnis; hätt man allerhand mit anfangen können.
Gibt s denn wirklich nicht noch ne andre Ebne hinter Wäscheschleudern und Bügeln?
Bestimmt. Wozu denn sonst so ne Scheidung?
Wir hätten uns teilen solln in den Kram.
Hat n Mann nicht die Ausdauer zu, die unsereins aufbringt.
Dann war s also *doch* richtig, daß du wieder in deinen Beruf gingst?
Ich fürcht, es war richtig.
Und warum sind wir jetzt härter als vorher aufeinandergekracht?
Vielleicht verträgt einer von uns die Gleichberechtigung nicht.
Könnt sein, ja.
Du mochtest eben nicht, daß deine Frau arbeiten ging.
Du meinst, ich mochte nicht, daß sie so k.o. war am Abend.
Und *sie* mochte nicht, daß du dich so aufregtest drüber.
Statt dir einfach n bißchen zur Hand zu gehn!
Wie denn? Bist doch erst um sechs nach Hause gekommen.
Na, und du um fünf.
Für Einkäufe hätt die Stunde genügt.
Ich hätt abgewaschen. Und du hättst dich hinhaun können.

Anschließend hätten wir rasch noch n bißchen saubergemacht.
Und in aller Ruhe zu Abend gegessen.
Abendbrot hätt man schon morgens zurechtstellen können.
Fünf Minuten ehr aufgestanden – erledigt, der Fall.
Zehn Minuten. Dann hätt man *zusammen* frühstücken können.
Zwanzig. Dann wär s n *richtiges* Frühstück geworden.
Mit Kaffeeaufbrühen und Eierabkochen.
Und Prager Schinken und Morgenmusik.
Zeitung hätten wir redlich geteilt.
Du s Feuilleton, ich Politik.
Dann hätt ich dich im Büro abgesetzt.
Und wie wär ich nach Hause gekommen?
Na, die niedliche Schmitz, die wohnt doch schräg gegenüber.
Was denn, du hättst nichts dagegen gehabt, daß sie mich mitnimmt?
Ich bitt dich. So ne patente Person. Warum haben wir sie nie eingeladen?
Und *deine* Arbeitskollegen? Warum hab ich die nie kennengelernt?
Wir hätten mal mit allen ne Party machen solln.
Mit Lampions. Im Freien.
Man hätt überhaupt mehr anstelln sollen.
Auch miteinander: Theater,Konzert.
Urlaub zusammen.
Gemeinsames Schlafzimmer wieder.
Einschlafgespräche.
Fernseher am Fußende.
Stoß Krimis.
Schummriges Licht.
Liebe –
Ja.
Ja –?
Bestimmt, Dorit.
Vielleicht, ja.

Ganz sicher.
Wahrscheinlich; doch, doch.
Tja.
Na ja.
Und wenn wir –
Wenn wir *was.*
Und wenn man sich Mühe gäbe?
Du meinst: gegeben *hätte.*
Ich mein: gäbe.
Nein.
Nein –?
Bestimmt nicht, Hans.
Auch nicht vielleicht?
Auch nicht.
Und unter gewissen Voraussetzungen?
Unter keinen.
Völlig unwahrscheinlich?
Gemessen an diesem ersten freien Morgen hier: ja.
Und wenn du deinen Beruf sausen ließest, und ich –
Ich *hab* ihn schon sausen lassen.
Noch mal.
Ich hab gestern gekündigt.
Du hast –
– gekündigt.
Aber du bist doch kein Mensch ohne Arbeit! Du mußt doch was tun!
Wieso muß ich?
Na, wo du sechs Jahre unsrer Ehe berufstätig warst –
Genau *das* ist es, mein Junge.
Soll das heißen, du hast gearbeitet, weil du verheiratet warst?!
So könnt man s sagen.
Könntst du mir das vielleicht mal erklärn?
Gern. Ich wollt Geld verdienen, um in Ruhe meinen Irrtum zu revidiern.
Und was war das für einer?
Unsre Ehe, Liebling.

Du meinst die Ehe an sich.
Ich mein die Ehe mit dir.
Aber du hast doch vor Gericht erst erklärt, du wolltest frei sein für deinen Beruf!
Na, ist Hausfrau denn keiner?
Aber als Hausfrau bist du doch nicht allein!
Hab ich was andres gesagt?
Du willst doch nicht etwa gleich wieder –
Nicht doch. Niemand Bestimmtes. Nur generell.
Du wartest auf irgendeinen?!
Sagen wir: Ich geh auf Empfang.
Und auf welcher Wellenlänge muß er sich melden?
Also, ganz sicher auf *meiner.*
Was heißt das.
Daß er mich *so* akzeptiert, wie ich bin: Träg, faul, sinnlich, unselbständig; die geborene Henne.
Jetzt versteh ich überhaupt nichts mehr.
Schätzchen, die Sache ist doch ganz einfach: Ich bin dir mißglückt. Du hast mich nicht zu nehmen verstanden. Da wird man leicht zickig.
›Nehmen‹ –! ’n Begriff aus dem vorigen Jahrhundert.
Aus m Garten Eden wahrscheinlich sogar. Trotzdem immer noch gültig.
Aber ich denk, du wolltest dich emanzipiern?!
Und *ob* ich das will.
In ner neuen Ehe vielleicht?
Junge, noch nie von gehört, daß die Grenzen der Emanzipation parallel zu den Grenzen der Ehe verlaufen?
Nee. Ist mir neu.
Freu mich, daß du s noch mitkriegst von mir. So. Und jetzt würd ich gern gehn.
Ach, n Momentchen noch, ja?
Gut, rauch ich noch eine.
Nicht, wir bleiben doch Freunde?
Bleiben –?
Na, oder *werden.*

›Oder‹ ist gut. Und warum.
Um uns nicht aus den Augen zu verliern.
Liebling, ich bin dir doch schon vor acht Jahren abhanden gekommen. Findest du nicht, du solltest deine Augen jetzt schonen?
Aber ich darf mal anrufen, deine Stimme hörn –?
Hat sie sich dir in den vielen Krächen noch immer nicht eingeprägt?
Doch. Aber sie klingt so neu jetzt, so unbefangen.
Beunruhigt dich das?
Es tröstet. Ich schein mehr in dir heilgelassen zu haben, als anfangs vermutet.
Du *hast* nichts kaputtgemacht. Du hast mich nur n bißchen zu lang in den Regen gestellt.
Dann komm doch rein! Man friert ja schon selber allmählich!
Den einen streift so n Luftzug eben früher, den andern später.
Aber wir schreiben uns, nicht?
Poetisches –? Sachliches –?
Herzliches. Daß man lächeln kann, wenn man s liest.
Am herzlichsten lächeln Steuerfahnder und Privatdetektive.
Versteh mich doch um Gottes willen nicht falsch!
Aber, aber. Du, tut mir leid: möcht jetzt los.
Und was wirst du nun tun?
Durch n Park schlendern.
Und dann.
Enten füttern, mal sehn.
Ich mein deine Pläne.
Vielleicht ins Kino heut abend.
Aber du wirst dir doch auch Gedanken über die Zukunft gemacht haben, nein?!
Nur die acht Jahre lang, in denen die Gegenwart mir nicht gefiel.
Und was gefällt dir jetzt so an ihr?
Diese Sekunde. Tschüß, alter Junge.

DIE ROTE NELKE

Sind Se s auch wirklich –?
Ich hab ›Rote Nelke‹ gesacht. Is das hier eine oder nich.
Bloß, sie steht in nem Glas.
Bin aus m Alter raus, Frollein, wo man sich so n Gemüse ins Knopploch steckt.
Ich hab meine hier inne Hand.
Das seh ich.
Darf ich mich setzen?
Bleibt Ihnen ja wohl nischt weiter übrich.
Dann bin ich so frei.
Likör oder n Klaren?
Tee, wenn s Ihnen nichts ausmacht.
Ober –! Glas Tee für die Dame.
Hübsches Lokal.
Geht.
Na ja; also, wie man s nimmt.
Nach m Telefon neulich dacht ich ja, daß Se n bißchen üppiger wärn.
Paar Pfund könnt ich schon noch zulegen, Herr –
Sollten Se tun. Haarfarbe echt?
Nich so ganz.
Hm.
Danke, Herr Ober.
Dreiundvierzich, ham Se gesacht –?
Dreiundvierzichnhalb.
Hm.
Darf ich meine dazutun?
Sie stelln vielleicht Fragen.
Ihre hat n Drahtring. Hier, sehn Se.
Ja und.

Schlechte Qualität.'ne Nelkenblüte muß freistehn.
So, musse.
Ja.
Gesund sehn Se ja eigentlich aus.
Bloß als Kind mal die Masern.
Auch nich bei Wetterumschwung Migräne?
Nich doch.
Oder n zu niedrigen Blutdruck?
Ganzen normalen.
Ham Se n letzte Zeit so gemacht.
Gärtnereiangestellte gewesen.
Ah, drum.
Ja.
Hatten Se da was Spezielles?
Freilandarbeiten meist. Winter im Treibhaus.
Bringt n so n Job.
Netto sechshundert.
Könn Se das steigern?
Klar; später im Handel.
Sollten Se hinackern drauf.
Bißchen zu früh noch.
Na, oder Akkord.
Gibt s bloß in n Friedhofsbetrieben.
Was heißt ›bloß‹.
Ich mein, ganz wie Se wolln.
Ham Se auch immer geklebt?
Hätt jetz ne Rente von knappen dreihundert.
Hoff doch, dynamisch.
Dü-*was?*
Ob se angepaßt is.
Wer.
Die Rente; n Preisen.
Isse; doch, doch.
Na, besser als nischt.
Wenn man weiter keine Ansprüche hat –
Bißchen was auf der Kante sonst noch?

Sparkonto, ja.
Was ham Se n mit vor?
Eignes Geschäft.
Wieviel fehlt n?
Gute zehntausend.
Na, muß ja nich gleich sein.
Nee, nee; ham Se recht.
Ober! Mir noch n Klaren. Was ich gefragt haben wollt.
Immer fragen Se, Herr –
Schon mal verheirat gewesen?
Direkt verheiratet *nich.*
Was heißt ›direkt verheiratet *nich*‹?
Daß es unehelich war.
Sie ham n Kind –?!
Gehabt.
Erschrecken Se ein doch nich so.
'tschuldigen Se.
Beim Vater gebliehm?
Ich *bin* nich gläubich.
Nich doch. Richtich.
Richtich is, daß se s hingemacht ham.
Wenn man s Ihnen weggemacht hat, *war* s doch noch gar keins.
's war sechs Monate eins. Da weiß man schon, was man hat.
Weg is weg. Muß man sich abfinden mit.
Irgendwo ham Se recht.
So. Nu mal zu mir.
Vorsicht, Ihr Ärmel –! Da is n Schnapsfleck.
Bringen Se mich nich aus m Konzept.
'tschuldigen Se.
Also. Worauf ich gesteigerten Wert leg: Auf s Essen. Auf n *regelmäßiges,* wohlgemerkt.
Ich koch gern.
›Gern‹ sacht gar nischt. Ob *gut,* is die Frage.
Würd mich schon auf Sie einstelln.
Wichtich is Fleisch. Fleisch gibt Kraft.

Kann man nich anders sagen.
Was ich besonders schätz, das sind Soßen.
Sind auch was Schönes. So ne sähmige weiße zum Beispiel, mit Kapern; für Klopse.
Mit Klopsen könn Se mich jagen.
Na ja, n richtiges Fleischgericht sind se natürlich *nich.*
Wenn ich ›Fleisch‹ sag, mein ich was Saubres: Rind, Hammel, Schwein. Schön, auch mal Fisch. Oder Geflügel.
Und dazu –?
Kartoffeln; doch logisch.
Nich auch mal was andres dazwischen –?
Komm Se mir bloß nich mit Ausländischkeiten! Vielleicht auch noch italjehnisch –!
Nich doch.
Noch einen, Ober.
'n Problem wär dann bloß noch die Zeit.
Wann fang Se n an.
Sieben. Winter um acht.
Und wie lang ham Se Mittach?
'ne Stunde.
Na, kochen Se eben vor und komm mittachs nach Hause.
Wenn ich mich anstreng –
Wie gesacht: Regelmäßichkeit is bei mir alles.
Ich sach immer: Man muß Ordnung ham; der Mensch braucht das.
Hab das noch aus m Beruf. Bei uns inne Stadtreinigungsbehörde war Pünktlichkeit erstes Gebot.
Sie wern sicher auch heut noch ganz schön zu tun ham.
Übergenuch. Was mich jung hält, das is die Arbeit.
'n tröstliches Wort. Und man sieht s Ihnen an.
Bei mir finden Se kein Nagel, auf den ich nich selber gekloppt hätt.
Selbst is der Mann. 'n Wahlspruch, den ich schon immer geschätzt hab.
Sogar s Spielzeuch für mein Wellnsittich hab ich eigenhändich geschnitzt.

So ne Kunstfertichkeit, die is nich zu bezahln.
In ei'm Punkt allerdings, da bin ich penniebel: mit Wäsche; die muß nu wirklich immer tipptopp sein.
Mir aus m Herzen. Frische Unterwäsche macht n neuen Menschen aus ei'm. Ganz andres Lehmsgefühl.
Verstehn Se sich denn auch auf Bügeln?
Lieblingsbeschäftigung von mir; schon inne Medchenzeit immer gewesen.
Ihre Fähnchen mein ich jetz nich. Ich mein meine Hemden; hier, kucken Se mal –: *So* ne Manschette.
Die blüht Ihn ja direkt aus m Ärmel.
So isses. Und da wird mir keine Wäscherei rangelassen.
Bloß nich –!
Und selbstverständlich von Hand. Na, würd Se da schon unterrichten.
Ich lern gern, Herr –. Könn Se mir glauben.
Na, und was natürlich s Wichtigste is: Die Wohnung.
Schätz, dasse n Schmuckkästchen ham.
Womit Se nich übertreiben.
Wenn s Wirtschaftsgeld reicht, kann so was ne Erfüllung bedeuten.
Da berührn Se n heikles Problem.
Ich mein, ich bring natürlich alles nach Hause. *So* isses nich.
Meine Rente, die geht nämlich teils auffe Lehmsversichrung, teils auf n Bausparvertrach.
Sag ich doch –: Man kann gar nich früh genuch anfang, sich sein Lehmsahmd zu sichern.
Richtich. Und mit m Rest finanzier ich n Haushalt –: für *mich*.
Schmeiß ich meins noch dazu. Dann reicht s für uns beide.
Und für die Wohnung.
Gott, is ja nich viel.
Eben was man so braucht.
Reinigungsmittel.
Staubsaugertüten.
Möbelpolitur.

Hochglanz is der Garant der Gemütlichkeit, sag ich immer. Meine Möbel sind nämlich aus Nußbaum.
'n Holz, das an s Gemüt greift.
Wenn s richtich gepflecht wird.
Sie sagen s.
Ja, und dann noch mein Schlaf.
Bin s Leiseste, was es nur gibt. Frühmorgens hörn Se mich nich.
Setz ich voraus. Ich mein nachmittags jetz.
Überhaupt kein Problem. Weck Sie zum Kaffee.
Hörn Se mit Kaffee auf. Ich trink n Schluck Mineralwasser früh.
's Beste, was man tun kann für s Herz.
Und abends n Appel und ne Scheibe Knäckebrot zu.
's Ideale für s Fernsehprogramm.
Fernsehn gibt s nich bei mir. Zahl doch für so n Schwachsinn kein Geld!
Hat den großen Vorteil, man redt mal wieder mit'nander.
Aber nich abends. Da kleb ich meine Briefmarken ein.
Kommt mir ungeheuer entgegen. Kann man endlich mal lesen.
Kenn Se ›Rieders Deitschest‹? Da könn Se draus lern, was los is. Und das sind Fachleute da.
Sind Se drauf abboniert? Dann steig ich mit ein.
Nee. Aber *Sie* könnten s abboniern. Wollt s schon immer gern ham.
Sie bring mich da auf ne Idee.
Bloß, daß das klar is: Lesen nich mehr nach neun. Da hau ich mich hin.
'ne ehrbare Zeit.
Hoffentlich ham Se n friedlichen Schlaf. Oder träum Se unruhich?
Ich träum kein Piep.
Tja. Dann noch eins.
Bitte, Herr –
Hab mich natürlich auch noch auf *andre* Anzeigen gemeldet.

Is Ihr gutes Recht.
Ich mein –: Wenn da was Günstigeres bei is –
Ach, *wie* hoch war Ihre Rente noch schnell –?
Tausendzwohundertvierundfuffzich. Warum.
Bloß, daß ich ne Vergleichsmöchlichkeit hab.
'ne Vergleichsmöchlichkeit –?
Na, Sie glauben doch nich, daß Se der einzige warn, der auf meine Annongße geantwortet hat.
Nee –?
Absoluht nich.
Aber wann würden Se n sich dann entscheiden?!
Na, nich ehr, bis ich die Herrn alle durch hab natürlich.
Hm.
Sei dann, *Sie* entscheiden sich gleich.
Lassen Se mich überlegen.
Ich mein, möcht jetz wirklich nich mit der Türe ins Haus falln.
Nee, nee.
Andrerseits –: Ich brauch einfach jemand. Da nimmt man eben auch ein, der *weniger* Geld hat; wenn er nur weniger *zögert.*
Also, ich glaub, *ich* könnt mich entscheiden.
Dann kann ich s auch.
Denn betrachten Se sich man ab sofort als verlobt.
Bin so frei.
Sie könn jetz Schorsch zu mir sagen.
Ich heiß Hanni.
Ober, zwo Klare –!

BERÜHRUNGEN

Warum sehn Sie mich dauernd so an.
Wenn ich Sie nicht ›so‹ ansehn soll, wie dann.
Gar nicht.
Warum wollen Sie, daß ich unachtsam bin.
Bestimmt kommt Ihre Achtsamkeit auch ohne mich aus.
Zu spät.
Ihre Verspätungen interessieren mich nicht.
Mich interessiert die Spannung, die zwischen Ihrem linken Nasenflügel und Ihrer rechten Braue besteht.
Danke für Ihre Anteilnahme.
Sie dürfen dafür auch an mir etwas bemerkenswert finden.
Sie haben sich beim Rasieren einen Pickel aufgeschnitten am Kinn.
Ich fürchte, ich habe meine Pubertät zu lange verschleppt.
Man zahlt für alles.
Mit kleiner Münze für großen Gewinn. Diese S-Bahn-Fahrt hat mich fünfzig Pfennig gekostet. Bedenken Sie, was ich erhalten habe.
›Erhalten‹ ist gut.
Bewahren ist besser. Ich fange an, Sie mir einzuprägen.
Hoffentlich schaffen Sie s noch. Denn nächste steige ich aus.
Danke für Ihr Entgegenkommen; ich auch.
Es gibt Zufälle, deren Penetranz zwingt einem fast den Glauben an eine Vorsehung auf.
Ich sehe mich *immer* vor. Damit ist der Zufall schon mal entmachtet. Die Vorsehung übrigens auch. Denn was mir zufällt, das meint mich. Also sind Zufall und Vorsehung eins.
Sie entgehn Ihrem Schicksal –?
Ich mildere seinen Lawinencharakter.
Das schließt die Leidenschaft aus.
Die, die die Faust meint; nicht die meiner Augen.

Wir müssen hier raus.
Ihr Gang ist so, wie ich ihn mir vorgestellt hatte.
Nämlich?
Antilopisch, mit einem leichten Setter-Effekt.
Übersetzen Sie s mir?
Federnd und trottend zugleich.
Und was drückt es aus?
Flucht und sich Fügen.
Schließt das eine nicht das andere aus?
Sie fügen sich in die Flucht. Die Unterwerfung wartet am Ziel. Ich sehe den Gegensatz nicht.
Dann bin ich in die falsche Richtung gerannt.
Jede Richtung ist *so* lange falsch, wie Sie glauben, sie wählen zu können.
Was soll ich tun.
Ein Ziel meiden. Die Fluchtrichtung umkehren. Balancieren statt rennen.
Und wo führt das hin.
In die Zwecklosigkeit. Da sind Sie der Chance, sich kennenzulernen am nächsten.
Und wenn ich mich auswendig kenne?
– wird es Zeit, daß Sie sich *inwendig* kennenzulernen beginnen.
Was voraussetzt, daß noch was drin ist in einem.
Leere und Substanz bedingen einander.
Schutt ist schlimmer als Leere.
Stimmt.
Kein Mittel dagegen?
Pulverisieren.
Danke. Ist Ihre Gelassenheit echt?
Ich versuch mich zurechtzufinden. Da bleibt wenig Zeit für Verstellung.
Ich verstell mich, um Ruhe zu haben.
Eine Umwelt, die einen zum Gleichmut zwingt, ist die falsche Umwelt.
An wem lohnt es sich denn, Anteil zu nehmen?

Schärfen Sie den Rand Ihres Schattens.
Und die andern?
Schneiden sich dran oder *werden* geschnitten. Auf dem Weg zur Verwirklichung genügt es, die Verkehrsregeln zu beachten.
Jede Verwirklichung braucht ihren Rahmen.
Sie sind längst versorgt. Die Kontur, die Sie brauchen, deckt sich mit der, die Sie haben.
Ich soll werden, was ich schon bin?
Sie wären der ausgewogenste Mensch, den es gibt, sollte es Ihnen gelingen.
Warum laufen Sie noch neben mir her.
Warum blüht die Nachtkerze da zwischen den Schienen.
Die Schienen sind rostig. Hier fährt keine Straßenbahn mehr.
Was haben Sie gegen Rost.
Er ist schamlos. Er posaunt aus, was ich sowieso jeden Morgen im Spiegel erblicke: Die Vergänglichkeit kommt.
Als Junge habe ich mal eine Kiste voll ausrangiertem Werkzeug verbuddelt. Hammer, Zangen, Sägeblätter und Feilen. Ich hoffte, daß sie in zweitausend Jahren vielleicht ausgegraben und ausgestellt würden.
Ja und?
Man unterschätzt scheinbar Gestorbenes leicht.
Meinen Sie *mich* ?
Jetzt meine ich dies Werkzeug, die Schienen.
Schrott.
Schrott wird das Nirwana niemals erreichen. Er kehrt über die Schmelze in den unbelehrbaren Kreislauf von Stahl und Eisen zurück.
Und Ihr Werkzeug verrottet.
Gegenstände sind vergewaltigte Dinge. Unbrauchbar gewordene Gegenstände kehren rehabilitiert ins Reich der Dinge zurück.
Und die Dinge leben –?
Sie sind.
Machen Sie mir den Unterschied klar.

Sein ist ein Zustand; Leben ein begrenzter Prozeß.
Kann man zwischen beidem nicht schweben?
Vielleicht in den Gezeiten des Sterbens.
Bißchen spät; nein –?
Es liegt an Ihnen, wann Sie das Wesen des täglichen Abschiednehmenmüssens begreifen.
Apropos.
Wo müssen Sie hin.
Ins Fabrikviertel rüber. Ich verdiene mir mein Studium als Werksekretärin.
Ich habe gestern eine Bank überfallen.
Interessant. Glauben Sie was?
Ich glaube, daß es bald regnen wird.
Sie schätzen Anhaltspunkte.
Umrisse genügen.
Diese Regenwolken behalten ihre noch nicht mal eine Minute.
Vielleicht noch kein Trost; aber ein Anfang: Der Himmel formiert sich.
Und Er?
Gott, die Lücke in die Er paßte, ist nun mal da.
Und wie kriegt man Ihn rein?
Da die Methaphysik diesen fatalen Hang zu Offenbarungen hat, sollte man sie bei ihrem Geltungsdrang packen.
Und wie sähe das aus?
Niedriger hängen.
Und schon meldet Er sich?
Wenn es Ihn gibt, gibt es auch Seine Irritationen. Jeder Kirchturm ein Seismograph. Er brauchte sich Sein Unbehagen nur anmerken zu lassen.
Viel Freude allerdings hätte Er an Ihnen wohl nicht.
Adam war feige.
Sie meinen, er hätte drinbleiben sollen im Eden?
Drin oder draußen: Die einzig angemessene Rache für all diese Erniedrigungen wäre Adams Selbstmord gewesen. Nur so hätte er auch mich retten können.

Als wen.
Als direkten Nachkommen Gottes. Denn da Ihm am Menschen lag, hätte Er jetzt Eva ein Kind machen müssen.
Wenn Er weggekommen wäre über den Schock.
Eine humane Tierwelt wäre auch eine Lösung gewesen.
Zu spät.
Nur in den Kalendergeschichten. In Wirklichkeit fangen wir ja mit der Rückwärtsentwicklung erst an.
Warum hat der Mann Sie so angestarrt eben?
Ich werde ihn an jemand erinnert haben. Die Auswahl an Nasen ist längst nicht so groß, wie man denkt.
Er folgt uns. Er blickt in die Zeitung dabei.
Ja, er vergleicht.
Kommen Sie auf die andere Dammseite rüber. Da fängt das Fabrikviertel an.
Eine lehrreiche Gegend.
Es geht.
Ich liebe alte Fabriken. Sie leugnen den Fortschritt.
Sie schätzen die Abhängigkeit von Rumpelmaschinen?
Wo ein Computer fünfhundert Leute ersetzt, beginnt die Fließbandarbeit poetisch zu werden.
Schon mal drangestanden, an so einem Band?
Nein. Aber arbeitslos seit elfeinhalb Wochen.
Was haben Sie gemacht.
Ich sage Ihnen doch: Eine Bank überfallen.
Ich dachte, Sie spinnen.
Warum sollte ich Sie beleidigen.
Hat es sich denn gelohnt?
Ich hatte gehofft, daß es aufregender wäre.
Offenbar *wird* es das noch.
So deutlich ist das Bild nun *auch* wieder nicht.
Dann haben Sie so was schon häufiger gemacht?
Nein. Ein Amerikaner hat meine Pistolenattrappe erkannt und das Foto für sein Andenkenalbum geschossen. Sehen Sie hier.
Sind Sie verrückt? Die Zeitungsfrau beobachtet uns doch!

Der Pickel am Kinn ist das einzige, was ich verändern konnte seit gestern.
›Verändern‹ ist gut. Ich kann schwänzen. Hilft Ihnen das?
Warum denn helfen. Geht es mir schlecht?
Im Augenblick anscheinend noch nicht.
Kennen Sie eine *andere* Zeiteinheit, die zählt?
Die Ewigkeit, die unser Zusammensein dauern könnte, wenn Sie einsichtiger wären. Ich könnte Sie ein paar Tage verstecken.
Irren Sie sich nicht. Was dauert, wird abgezogen. Wenn Sie Großzügigkeit wollen, halten Sie sich an die Sekunden.
Für diese Großzügigkeit bin ich nicht bescheiden genug.
Lernen Sie es.
Und was *mach* ich mit meiner Bescheidenheit dann –?
Sie wenden sie an.
Worauf.
Auf das Maß Ihrer Wünsche.
Meine Wünsche sind klein.
Jeder Wunsch hat ein größeres Volumen als die Realität.
Ich möchte geliebt werden. Ist dieser Wunsch groß oder klein.
Er ist unvollständig. Sie meinen: geliebt und verstanden.
Ja.
Jetzt ist er riesig.
Und Verstandenwerden *allein* –?
Fangen Sie an mit Verstehen.
Schnell in die Seitenstraße hier rein! Haben Sie gesehn: Dieser Mensch hat einen Polizisten geholt.
Ich bin es nicht. Sie würden mir ein Alibi geben.
Vielleicht. Ich habe vor, meinen Mann zu verlassen.
Flucht –: Ich sagte es ja.
Sie sagten: ›Flucht und sich Fügen‹.
Es ist an dem Widerstreit zwischen Ihrem linken Nasenflügel und Ihrer rechten Braue zu spüren. Ihre Braue fliegt auf und davon. Ihr Nasenflügel ist zornig und zittert. Und dann noch Ihr Gang.

›Antilopisch mit einem leichten Setter-Effekt‹.

Ich liebe Setter. Eine Rasse, die so viel Auslauf braucht, daß es fast schon wie Freiheit anmutet. Aber das ist es ja eben; darauf setzen die Züchter.

Ich möchte irgendwas für Sie tun.

Ich habe im Zoo mal eine Säbelantilope beobachtet. Sie stand über eine Stunde völlig leblos im Käfig. Doch am Zittern ihres Fells konnte man sehen: Sie war unterwegs.

Also bleiben?

Bleiben setzt Gehenkönnen voraus.

Er stellt es mir frei.

Eine schwebende Basis.

Wann sehn wir uns wieder.

Sie müssen hier rein?

Ja. Geben Sie acht; die meisten Kollegen haben noch ihre Morgenzeitung im Kopf.

Ich glaube, daß ich Sie mir jetzt eingeprägt habe.

Wann sehn wir uns wieder.

Wenn Sie sich nach den ersten zehn Schritten umdrehen werden.

Ich kann nicht einfach so weggehn. Ich muß etwas für Sie tun.

Geben Sie mir fünf Mark. Ich könnte jetzt ein Frühstück gebrauchen.

IM VORFELD

Morgen, Liebling. Du siehst –: schon gedeckt.
Fabelhaft, dieser Enrico.
Enrico –?
Der Kellner.
Der dicke mit den Schmalzlocken?
Der große mit den graublauen Augen.
Ach, der. Na, gut geschlafen?
Was möchtst du denn hörn?
Natürlich die Wahrheit.
Gar keine Sorge?
Nach *der* Nacht? Nee, du; bestimmt nicht.
Schätze, du gehst da bequemlichkeitshalber von *dir* aus.
Wir warn eine prima Klappstulle, Schatz. Eins zu eins, hab ich recht?
Gibst du mir n Hörnchen?
Komische Auffassung, die Italiener, von Frühstück, findest du nicht?
Deine Idee, den Trip nach Venedig zu machen.
Laß mal; für ne Verlobungsreise gar nicht so schlecht.
Ich geh eben nur so ungern von falschen Voraussetzungen aus.
Nanu. Irgendwas zu bemängeln gehabt, heute nacht?
Klingt, als wärst du der Geschäftsführer hier. Kaffee hätt ich ganz gern noch.
Da siehste, wie dies Thema mich streßt.
Logisch; zweifelt ja auch deine Könnerschaft an.
Auf welchem Gebiet.
Auf dem der Matratze.
Na, *das* Ding ist gut.
Das *Ding* vielleicht. Aber da wär noch die *Sache.*
Deutlich wie immer. Danke, mein Gold. Also zur Sache.

Du turnst auf mir rum. Wir machen ungeheuer komplizierte Übungen. Bloß, ist dir noch nie aufgefallen, daß der Spaß hauptsächlich dich selber betrifft?
Wieso: Du machst doch mit.
Ich nehm Anlauf; aber *du* springst.
In punkto Leibesübungen absolutes Novum, vermutlich. Haste diese Salami hier schon mal probiert?
Sieht gut aus. Obwohl sich bei mir gegen Phallusformen ne gewisse Allergie rausbildet allmählich.
Gibt s n probates Mittel dagegen: Scheibchenweise, mein Schatz.
Hab da leider so gar keinen Einfluß auf die Dosierung.
Wie willste s denn haben? Daß ich erst stundenlang rumfummel an dir?
Bißchen Freilauf vorher wär gar nicht so übel. Na, und zu ›Rumfummeln‹ könnt man ja notfalls ›Zärtlichsein‹ sagen.
Hör mal. Bin schließlich n *Mann* !
Nu mußte nicht gleich die ganze Innung schlechtmachen.
Mach ich s denn *schlecht* ?
Für *dich* machste s gut.
Und wenn das an *dir* läg?
Ja –? Bin ich meinem Kleinen zu scharf?
Kannste das nicht n bißchen umschreiben?
Gar nicht gewußt, wie sensibel du bist.
Eben. Scheuchst einen auf hundert und wunderst dich dann.
Also, ›wundern‹ würd ich das *nicht* direkt nennen.
Jedenfalls regst du mich viel zu sehr auf.
Danke. Und wenn s umgekehrt wär? –: Daß *du* dich so hochschaukelst, Schatz –?
Na, und selbst wenn –: Was wär dagegen zu sagen?
Daß du so n Liegestütz zur Not auch *allein* hinbekommst.
'ne Art von Genügsamkeit, die mir nicht liegt. Ich find mich lieber in dir.
Nach nem Fund siehst du hinterher allerdings *nicht* aus; ehr nach verlorngegangen.
Du studierst mich dann?!

›Studiern‹ wär zu hoch gegriffen. Ich kuck dich an.
Und?
Und versuch rauszukriegen, was eigentlich dran ist an dir.
Was an mir ›dran‹ ist, das hat dich doch grade bedient.
Den Verdacht, daß es nicht *mehr* ist, *den* hab ich auch.
Sag mal, trauerste deiner Unschuld nach oder was.
Die Trauer kann ich mir sparen. Du hast ne Technik entwickelt, da kriegt man sie wieder allmählich.
Also, *das* hat mir bisher noch keine gesagt.
Kunststück. Die warn froh, wenn sie s hinter sich hatten.
Sie hatten s hinter sich, sie hatten s vor sich, sie hatten s rundum. Doch eigentlich logisch, daß sie sich da amüsiert haben, nee?
Du walkst einen durch. Das hat ne gewisse Schlappheit zur Folge. Die kann ne unerfahrene Mieze schon mal mit Erfüllung verwechseln. Kennerinnen allerdings sortiern frustriert ihre Knochen.
›Erfüllung‹! Wenn ich so was schon hör!
Ja, hört man selten. Reichste mir den Käse mal her?
Hoff nur, die Löcher im Schweizer irritiern dich jetzt nicht.
Gibt ne Art Umgang, da ist man an Hohlraum gewöhnt.
Apropos: Erinner mich, daß ich bis zum Hochzeitstermin noch deine Muschpoke besuch.
Gern. Nicht, ich geb mir doch Mühe?
Wobei.
Aber Schatz –!
Ach so. Doch, doch; kann man nicht anders sagen. Hast sogar manchmal Ideen.
Aber doch eigentlich schlimm.
Was.
Zugeben müssen, daß man sich anstrengt.
Ist Arbeit im Bett denn was Mieses?
Wenn sie erst was überwinden muß, ja.
Hemmungen hat jeder.
Wie lieb bescheiden du bist.
Zu Anfang, mein ich.

Und was ist, wenn sie *bleiben* ?
Dann läßte dich eben nicht tief genug fallen.
Da gehörn *zwei* zu; guter Fänger vor allem.
Schon mal nicht fest genug in meinen Armen gelegen?
Ich mein die Verläßlichkeit, Liebling; nicht deinen Bizeps.
Hör mal! Kannste mit mir rechnen oder nicht.
Man kann die Uhr nach dir stellen. Bloß für den, der nicht mitkommt, bleibt so n abgefahrener Zug ne traurige Kiste.
Rechtzeitig einsteigen, Schatz; das ist das ganze Geheimnis.
Langsamer fahren ist *auch* eins.
Nur: 's Tempo beim Bummsen bestimmt nicht der Kopp.
Deshalb red ich ja hier auch vom *Lieben.*
Ulkige Ausdrücke haste. Hat das geklopft –?
Ja, bitte, Ricardo! Kommen Sie rein.
Woher haste n das eben gewußt?
Hab da so n Animus. Doch; Sie können abdecken. Danke, Ricardo.
Kommst du mal n Momentchen mit auf n Balkon?
Also, dieser Blick auf die Lagune ist wirklich hinreißend, Schatz.
Darf man mal fragen, wo die Vertraulichkeit herkommt, mit der ihr euch anstrahlt?
Sie beruht auf nem Irrtum. Ricardo nahm an, ich mach Schluß. Dabei wollt ich bloß schwimmen.
Vielleicht doch noch ne kleine Zusatzerklärung –?
Aber gern. Nach unserm Clinch heute nacht bin ich noch n bißchen in die Bar runtergegangen.
Aber wir haben doch bestimmt bis um eins im Bett rumgetobt!
Eben. Und um *auch* noch was von dem Abend zu haben, hab ich mir n paar Whisky genehmigt. Half aber nichts; das Leeregefühl wurde nur schlimmer.
Das *was* ?
Das Leeregefühl, Schatz; der Barkeeper sah mich *auch* schon ganz mitleidig an. Dacht ich mir: Eh du ihm heute noch die Hucke vollheulst, plantsch lieber im Swimmingpool rum.

Und.
Und da ist s passiert.
Was.
Na, ich ins Becken, und *er* hinterher.
Hattst du was an?
Haut und Parfüm. Enrico dafür im Frack. Solltest ihm anstandshalber n neuen spendiern; bestimmt läuft der ein.
Und wie er dich rausgeholt hat –?
Erst mal Mund-zu-Mund-Beatmung gemacht.
Noch mal.
Liebling, wenn einem nachts plötzlich n Herr im Frack in den Swimmingpool nachspringt, was kriegt man da wohl?
Vermutlich n Schreck.
Dein Einfühlungsvermögen ist auffällig geschärft.
Weiter. Polemik geschenkt.
Danke. Ich krieg also n Schreck und merk, wie ich ohnmächtig werd. Mit andern Worten: Mein Absaufen wirkte leidlich korrekt.
Und dann.
Nu, hinterher haben wir natürlich ungeheuer gelacht.
›Hinterher‹? Hinter *was*.
Fällt mir ein: Was hälst du davon, wenn ich dich zu ner Gondelfahrt einlade, Schatz?

TREUE

Nu kucken Se bloß, wie schnell der gelb wird, der Kies! Man traut sich n gar nich richtich zu harken.
Is die Feuchtichkeit, Frau Kusanke. Ham ne doofe Ecke hier auf m Friedhof erwischt. Sehn Se ja an dem Unkraut, was man dauernd weghacken muß.
Also, lagemäßich bin ich zufrieden.
Verstehn Se mich recht: Ich mein, von wegen Himmelsrichtung und so.
Nu ja. Obwohl, gegen die Trauerweide da sollt man nischt saren.
Schnappt ei'm eben nur ne Menge Sonne weg, so n Baum.
Willi konnt Trauerweiden gut leiden.
Elli is mehr für Birke gewesen. Die ham so was Helles, hat se immer gesacht.
Hell sind se; da hat se recht.
Fällt mir ein: Dienstach hat se Geburtztach.
Willi hat erst im März. Kricht er lauter Krokusse drauf.
Elli konnt Krokus nich leiden. Die ham so was Spitzes, hat se immer gesacht.
Nehm ich Hyazinthen, wenn s Ihn recht is, Herr Schlenz.
Sehr liehmswürdich von Ihn, Frau Kusanke.
Nu bitt ich Sie aber.
Also, jetz sehn Se doch bloß ma den Staub auf m Stein!
Nich doch s Taschentuch, Mann! Hier –: Hab n Staublappen mit.
Nu hab ich s schon weg.
Ach, ob Se mir die Hacke ma borgen?
Is Gedankenübertragung. Grade wollt ich Se fraren, ob ich ma n Augenblick Ihre Harke könnt kriegen.
Da sehn Se.
Kenn Se das: Man möcht was, und da *tut* s der andre schon?

Is mir mit Willi immer so gegang.
Wenn Elli ganz doll an mich gedacht hat zu Hause, hab ich richtich Stiche gekricht im Büro.
So was, das gibt s. Willi hat ma auffe Sekunde genau mitgekricht, wie ich beim Gardinanmachen vonne Leiter gekippt bin. Dabei war er da schon verschickt; ich mein, vonne Kasse.
Hat er s gut gehabt da?
Nu ja. Menge Wald natürlich und so.
Na, und doch bestimmt auch die Luft.
Die auch, ja. Doch, doch.
Mit Lunge is nich zu spaßen.
Nee, ham Se recht. Bloß, man darf ja nich mit.
Bei Elli kam immer noch zu, die hat Migrähne gekricht, wenn se von mir getrennt war.
Migrähne müßt man verbieten.
Aber genau.
Is Mittach, Herr Schlenz. Komm Se mit rüber zur Bank?
Gemacht, Frau. Also, mit Ihn vergeht die Zeit wie im Fluch.
Sie, oder mit Ihn.
Heut müssen Se aber ma meine Buletten probiern.
Nur, wenn Se eine von meine Klappstulln hier nehm.
Bin so frei.
Dito, Herr Schlenz.
Na?
Doll gewürzt. Nich n Krümelchen Schrippe.
Rezept is von Elli. Eß gern, was se gemocht hat.
In nichs lebt der Mensch so, wie in dem, was er ißt.
Aber genau, Frau.
Wenn s bei mir nach Sauerkohl riecht, is mir Willi so nah, wie sonst nie.
Trotzdem –: Am Tisch so allein dann –
Ich mach immer s Radio erst an, wenn ich nach Haus komm.
Musik nützt bei mir nischt.
Nee, ich mein: Reden.
Ja, reden is gut.

Irgend n Vortrach. Wegen mir auch Börsenbericht.
Man braucht ja nischt zu verstehn.
Nee. Bloß reden muß einer.
Schmeckt übrigens wirklich vorzühchlich, Ihr Gänseschmalz, Frau Kusanke.
Selber ausgelassen. Angebratene Zwiebelkringel und Schmoräppelscheiben mit drin.
Elli hat immer noch ne Priese Rohrzucker mit reingegeben ins Fett.
Hat Willi immer in n Kaffee genomm. Von wegen Linie.
Na, ham *Sie* bei Ihre Figur aber nich nötich.
Nich doch, Herr Schlenz.
So; denk, paar Handgriffe sollt man noch tun.
Ham Se recht.
Komisch. Neulich, wo ich ma nich gekonnt hab, da sind Se *auch* nich gekomm.
Nu ja. Hat man so im Gefühl, Herr Schlenz.
Auch wieder wahr. Kenn uns ja nu auch schon beinah zehn Jahre.
Ja. Juli sechsundsechzich isser gestorm.
Zwo Monat vor Elli.
An sich n milder Sommer gewesen.
Kann man nich anders saren.
Trotzdem –: Wärn *Sie* dann nich aufgetaucht hier –
Immer n ganz schöner Schubs, den man sich geben muß; ja.
Sag ja: Glück bloß, daß wir uns zwomal die Woche anne Gräber hier verabredet ham.
'n Glück, ja. Allein käm man bestimmt nich so oft.
Andrerseits –: Nu hat man seine Menschen ja dann auch im Kopp.
Vollkomm richtich. Man trächt se mit rum.
Und doch is so n Grab wie ne Insel.
Ham Se aber schön gesacht, Frau Kusanke.
Liecht an Ihn, Herr Schlenz. Mit Ihn fällt s ei'm leicht.
Aber, aber! Umgekehrt, Frau.
Ach, übrigens –: Hab Telefon jetz.

Wieso sagen Se n mir das?
Na, könnt doch ma sein, Ihn *is* nich nach Friedhof. Denn rufen Se einfach an. Brauch ich nich umsonst herzukomm.
Hat was für sich. Wie is n die Nummer?
Achthundertzwo elf siehmunddreißich. Ich mein, nur so für alle Fälle.
Ma sehn, vielleicht sollt ich mir auch eins anschaffen.
Würden Se mir aber ne riesige Freude mit machen, Herr Schlenz.
Nu ja –
Ich mein: Denken Se doch bloß ma, was ich mir für Vorwürfe mach, wenn ich krank wär und wüßt, Sie sind *allein* auf m Friedhof.
Is n Argument.
Nich.
Doch, doch.
Also, denn tschüß auch für heute.
Ja. Bis Freitach.
Hier, anne Gräber.
Wie immer.

IM SCHOSS DER FAMILIE

I.

Also, hier, dacht ich, Helga und Kurt; da Inge und Hans.
Ich dank dem Schöpfer, daß wir nur vier Kinder haben. *Noch* mehr Hummersalat, das wär an die Substanz gegangen.
Deine Schwester plaziern wir hier neben mir. Dann konzentriert sie sich mit ihrer Kodderschnauze auf mich und läßt wenigstens die andern in Ruh.
Dein Wort in Gottes Ohr.
Vielleicht erinnert sie sich sogar, daß ich Geburtstag hab und hält sich zur Feier des Tages ein bißchen zurück.
Im Gegenteil; sie wird dir heute vermutlich was *besonders* Feines erzählen. Jedenfalls schnuppert sie in der Uni mal wieder wie n Polizeihund herum.
Hat sie sich dieses Wodkafaß von Ostexperten denn *noch* nicht geschnappt?
Der Trottel ist sturmreif. Er hat sie zu seiner Assistentin gemacht.
Fabelhaft. Professoren, die Versorgungsbestrebungen mit Angehimmeltwerden verwechseln, haben nichts andres verdient.
Ein Glück nur, daß *wir* uns damals geliebt haben, stimmt s?
›Haben‹ ist gut.
Bin leider nicht ganz in der Stimmung, um dir ausgerechnet heute zu sagen: Trotz dieses Scheißberufs – du bist die reizvollste Frau, die ich kenne.
Und das will was heißen bei dir.
Als ich dich abgeholt hab, hatte dein Assistenzarzt n Glanz in den Augen, daß einem angst werden konnte. Dabei hab ich ihn nur gefragt, wie er auskäm mit dir.
Retourkutsche gefällig?
Verdächtige meine Studentinnen nicht. Keine flirtet *so* mit mir, daß es die Vorlesungen hemmte.

Du bist wirklich ein Schatz.
Frage ist eben nur, ob gehoben oder vergraben.
Schwer zu beantworten, Ben.
Na, freu mich jedenfalls auf unser Gespräch heute nacht.
Also, freun –
Laß mich doch höflich sein.
Übrigens, Freddy wollte noch anrufen. Sollt ich mich verspäten, weißt du Bescheid.
Ich ja.
Sagst du eben, ich hab Migräne.
Seh schon das maliziöse Lächeln von Hilde.
Dabei fühl ich mich *wirklich* nicht blendend.
Kunststück, Dora. Komm, leg dich jetzt hin. In ner Stunde fang ich an, die Fressalien reinzuschleppen.
Denk dran, daß dein Schwiegersohn n Magengeschwür hat und statt Hummersalat das Hühnerklein kriegt.
Werd mich voll darauf konzentriern.

II.
Hallo, Mama.
Hätt eigentlich gern noch n Momentchen gepennt.
Vater meint, ich könnt rein.
So, meint er.
Also, erst mal natürlich –
›Natürlich‹ ist der richtige Ausdruck. Danke, Helga.
Ist das ne Schnapsflasche da?
Irritiert sie dich?
Bißchen schon.
Ich werd fünfundvierzig heute. Du bist dreiundzwanzig. Ob du mir trotzdem nachfühlst, daß man Mumm braucht zu so m Geburtstag?
Mumm –? Bei *dem* Mann?
Was hat denn Vater mit meinem Alter zu tun.
Na, hör mal. Attraktiv, wie er ist. So was strahlt doch zurück.
Du hast ne Ahnung. Aber komm zur Sache, mein Kind.
Ich halt dich wirklich nicht lange auf.

Ist es tatsächlich schon so arg, daß du s in ne Kurzfassung kriegst?
Ich lieb einen andern. Kurz genug –?
Kurts Magengeschwür existiert aber schon länger.
Kurts Magen interessiert mich in dem Zusammenhang, offengestanden, nur ziemlich begrenzt.
Was man zumindest verstehn kann. Er ist älter als Kurt –?
Woher weißt du.
Du hast mit vierzehn noch deinen Vater heiraten wolln. So was schlägt durch eines Tages.
Aber ist Reife und Lebenserfahrung denn nicht *wirklich* was Schönes?
Das mußt du mich nicht ausgerechnet vor dem Spiegel da fragen.
Na ja, ne Schönheit ist er nicht.
Danke, mein Liebes. Hast du dir eigentlich Kurt schon mal im Alter dieses – Herrn vorgestellt?
Kurt mit dreiundfünfzig –? Warum.
Weil dir dann klarwerden würde, daß Reife und Lebenserfahrung ne reine Geduldsfrage sind.
Du meinst, daß auch Kurt mal so wird?
Wenn ihn sein Magengeschwür vorher nicht umbringt, hat er gar keine andre Wahl.
Ich glaub, ich sollt mir das noch mal überlegen.
Tu das, mein Kind.

III.
Hallo, Mama.
Ob du dir nicht vielleicht doch mal den Unterschied zwischen Ausruhn und Sprechstunde klarmachtest, Fritz?
Entschuldige, aber Helga hat da was von ner Schnapsflasche erzählt.
Besorgte Kinder können ne Pest sein; wußtest du das?
Warum mußt du dir einen andudeln, Mama.
Um meine Jugendlichkeit zu unterstreichen.
Genau auf die wollt ich mit meinen Glückwünschen raus.

Da steckt s doch schon drin: Wünsch mir einfach nur Glück.
Aber hast du doch mit Vater eigentlich immer gehabt.
Was habt ihr bloß dauernd mit Vater? Wer *hat* denn heute Geburtstag?!
Mein Geschenk liegt bei den andern. Aber ich hab noch n Extra-Präsent –: Mama, du hast mein Vertrauen.
Geh ich fehl in der Annahme, du willst mir irgend n Ärger mit Inge aufhalsen?
Ich möcht dich in meinen Kummer einweihen.
Er ist jünger als du –?
Nanu. Woher weißt du das.
Inge ist sechsunddreißig. Da baut man sich gern als kumpelhaften Muttertyp auf.
Treffender könnt man sie im Augenblick gar nicht beschreiben.
Na, und wer fliegt auf so was? Der Achtzehnjährige, dem sein Muttchen noch s Bettlaken glattstreicht.
Genauso sieht s aus.
Magst du sie noch?
Sagen wir, ich hab mich an sie gewöhnt.
Gewöhnung ist ne legitime Spätform von Liebe. Ich würd sagen: Tu ihm nicht weh, aber stich das Jüngelchen aus.
Ach bitte, und *wie* –?
Wie alt ist seine Mutter.
Etwa wie du.
Und wie sieht sie aus?
Unintellektueller. Nicht ganz so gepflegt.
Du bist n netter Junge. Und wie würd sich ein Flirt mit ihr machen?
Ob ich Chancen hätt, meinst du –?
Chancen hat jeder. Ob er glaubhaft wirken würd, mein ich.
Gott –
Also ran.
Und dann.
– läßt du Inge Wind davon kriegen und gestehst ihr beim entsprechenden Krach, wie ungeheuer liebevoll die Mutter

euch *beide* verhätschelt: dich und den Sohn.
Und du glaubst, daß das hilft?
Nichts irritiert so n Mutterkumpel mehr, als wenn der andre sich ner Ältren zuwendet. Jede Wette: Inge macht schlagartig auf jung. Na, und da bist ja dann wohl *du* wieder dran.
Klingt gut.
Trainier drauf, mein Junge.

IV.
Liebste –!
Du hast mir jetzt grade noch gefehlt.
Bezaubernd siehst du aus. Also, Migräne, das will einem gar nicht in den Kopf.
Geht da ja wohl auch mehr um *meinen*.
Trotzdem: Man begreift einfach nicht, wo Ben seine Augen hat. Eine Frau wie du!
Vielleicht nicht gleich ne Breitseite, Hildchen.
Na, aber seine Abwesenheit jetzt immer, diese übertriebene Freundlichkeit, wenn man ihn dabei ertappt–: Das muß doch auch *dir* aufgefallen sein, nein? Obwohl ich mich da als seine Schwester natürlich besser auskenne.
Auf die Glückwünsche kommst du sicher *nachher* noch zurück.
Das Beste, was ich dir an so nem Tag antun kann, ist, dich auf die genannten Symptome aufmerksam machen.
Und was witterst du, Liebste?
Dora, du mußt einfach wachsamer sein. Du gehst zu sehr in deinem Beruf auf.
Nehm an, du willst auf seine Studentinnen raus.
Ich seh dich überraschend gut konditioniert.
Da sind ne Menge patenter Mädels bei; gar keine Frage.
Einige garantiert intelligenter als du. Womit ich wirklich nichts Nachteiliges andeuten will.
Höchstens, daß Ben Intelligenz bei Frauen besonders hoch schätzt.
Deine Einsicht tut beinah weh.

Na, irgend n Grund *muß* es doch haben, daß er dich nicht ausstehen kann.
Liebes, wir dummen Frauen haben andre Vorzüge. Etwa diesen Instinkt, der beispielsweise zwischen der ausgetrunkenen Schnapsflasche da und Bens neuer Assistentin eine direkte Verbindung erkennt.
Soll ein nettes, einfühlsames Dingelchen sein, hab ich gehört.
Sagen wir: hingebungsvoll. Arbeitet traumtänzerisch intuitiv, die Kleine. 'ne Tour, die Männer wie Ben ja schon immer mit intellektuell und sensibel verwechseln.
Also, *ich* hab s eigentlich ganz gern, wenn in der Zusammenarbeit mit Männern n bißchen was Erotisches knistert. Kann natürlich ne Person *ohne* die entsprechende Aura schlecht nachfühlen, so was.
Wer, wie ich, auf nichts als ne Altersversorgung aus ist, Dora, der kann auf so ne Aura mit Kußhand verzichten. Sieh mal, ich will ja auch nur, daß sich auch *dein* Alter sorglos gestaltet.
Muß ich dir erst die Flasche an den Kopf schmeißen, oder begreifst du auch so, daß ich jetzt gern noch n bißchen allein bleiben möchte?
Ach, und *wie* gut ich das begreife, Liebste.

V.
Na, aber wir können Mutter doch jetzt nicht einfach da auf m Bett liegen lassen!
Wenn ich an die leere Schnapsflasche denk, würd ich das noch immer für s Sinnvollste halten. Du nicht auch, lieber Ben?
Doch, Schwester; dein lieber Ben meint das auch.
Immerhin aber doch Mutters Geburtstag. Los, holn wir sie her.
Mag sein, daß du gern Möbel schleppst, Kurt. Aber nimm bitte zur Kenntnis, daß Dora kein Vertiko ist.
Papa, Kurt meint doch nur, Mama müßt jetzt Mittelpunkt sein.

Nur, n Mittelpunkt muß nicht unbedingt in der Mitte liegen, mein Kind. Daß er s *ist*, ist entscheidend. Und das liegt an *uns*, nicht an ihr.
Man kann gar nicht oft genug betonen, wie fein s ist, n Philosophen zum Bruder zu haben.
Dann laßt uns ihr aber wenigstens n Ständchen bringen oder so was. Sie muß sich ja ganz verlassen vorkommen.
Interessantes Stichwort, Inge, das du da gibst.
Ja, Ständchen ist wirklich ne elektrisierende Idee.
Nicht kneifen, Ben: Ich hab ›verlassen‹ gemeint. Wenn man s *wird, ist* man s. Schon mal nachgedacht über diese fatale Doppelbedeutung?
Könntet ihr m Normaldenker vielleicht mal eben erklärn, um was es hier geht?
Gern, Fritz. Hildchen spielt darauf an, ich hab n Ruf in die Staaten gekriegt.
Richtig. Und wen nimmt n cleverer Professor bei so was wohl mit?
Na, Mama geht ja wohl nicht.
Gar nicht gewußt, Helga, daß sich in eurer Familie auch jemand auf Logik versteht.
Was für n liebes Biest sie doch ist, eure Hilde.
Nicht wahr, Ingemäuschen? Kannst dir hier übrigens getrost *auch* ne Scheibe von abschneiden, Kind. Obwohl dein Lustknabe natürlich wesentlich jünger ist, als Bens Assistentin.
Also, jetzt mach aber n Punkt!
Augenblick, Fritz. Hildchen, vielleicht nur noch n ganz klein bißchen präziser.
Soll mir n Genuß sein. Also, zu behaupten, sie ist hübsch, wär natürlich stark übertrieben. Immerhin, ihre Figur kann sich sehn lassen. Und sie hat ne Art von mittlerer Intelligenz, die sie durchaus befähigt, sich neben der vielbeschäftigten Dora ne Chance auszurechnen.
Vater, ich glaub, dazu solltest du ganz schnell was sagen.
Also, schön, Kinder; mal erfahrt ihr s ja doch.
Ist ja wohl nicht dein Ernst –!

Um Gottes willen, Kurt! Denk an dein Magengeschwür! Papa, sag s uns so schonend wie möglich.
›Schonend‹ ist der richtige Ausdruck. Dazu braucht man sich ja wohl jetzt nur mal vorzustellen, wie die arme Dora da betrunken im Bett liegt.
Mensch, sag mal, schämst du dich nicht?!
Also, ›schämen‹ eigentlich nicht direkt, Fritz. Aber traurig bin ich natürlich schon.
Noch mal –: Du tust Mutter so n Tort an, und dann bist du ›traurig‹?!
Kinder, versucht das doch sachlich zu sehn. Ich hab Dora nichts ›antun‹ wollen. Ich hab mich verliebt. Das kann auch *mir* schlecht bekommen.
Worauf du Gift nehmen kannst.
Danke, mein Sohn.

VI.
Ja –?
Ich bin s.
Freddy! Junge, ich warte und warte, und du meldest dich nicht.
Dacht, ich stör dich beim Feiern.
Dummkopf. Ich lieg auf m Bett und wart, daß das Telefon klingelt.
Und das nennst du Geburtstag?
Das nenn ich warten.
Kannst du nicht herkommen.
Ausgeschlossen. Ich mim doch auf unglücklich. Extra ne Flasche Schnaps in den Ausguß gekippt. Das heißt, n bißchen natürlich auch dran genippt.
Und mir hast du s Trinken verboten.
Willst du gesund werden oder nicht.
›Gesund‹.
Ich hab uns heut ne Wohnung gemietet. Fünf Minuten von der Klinik entfernt.
Und wann darf ich da rüberhumpeln?

Wenn du ne Prothese verträgst.
Dein neuer Assistenzarzt kann mich nicht leiden.
Er nimmt mir übel, daß ich dich extragelegt hab.
Er nimmt mir übel, daß du mich liebst.
Kann dir was Bessres passiern?
Was macht dein Mann.
Sag Ben.
Was macht Ben.
Feiert mit der Muschpoke. Das heißt, dem Krach nach zu urteilen, schmeißt er sie raus.
Hab n ungeheuren Respekt vor ihm. Ist das schlimm?
Wenn sich s nicht zu nem Komplex auswächst –
Er hat richtig bösartig gelächelt, als er mir sagte, daß er mich umbringen würde.
Um Gottes willen, ihr habt euch gesehn?!
Ich denk, das hast *du* eingefädelt.
Bin doch nicht wahnsinnig. Kam er einfach so rein?
Als ich heut mittag mal weggedöst war, stand er plötzlich vor m Fenster.
Und.
Nur diesen Satz.
Sag ihn wortwörtlich.
»Wenn Sie ihr mit ner Jüngeren untreu werden, bring ich Sie um.« Warum sagst du nichts.
Herzklopfen.
Er hat mich für voll genommen.
Na und –? Bist du dafür mit zwanzig etwa zu jung?!
Ich muß mir Mühe geben, so zu werden wie ihr.
Sag ganz schnell, daß du mich liebst.
Ich liebe dich, Dora.
Und sag nie wieder ›ihr‹.

VII.

Jetzt sieh dir dies Schlachtfeld an.
Mußt entschuldigen, Ben. Aber plötzlich hab ich all das so entsetzlich übergehabt.

Kann dir, glaub ich, niemand besser nachempfinden, als ich. Außerdem hat Freddy erst eben angerufen.
Wie geht s ihm.
Besser, nach deinem Besuch.
Er hat s dir gesagt?
Natürlich.
Du hast ihm n freundliches Zimmer besorgt.
Sehr zum Ärger meiner Kollegen. Aber schließlich *meine* Station.
Wär übrigens jetzt nicht mehr *ganz* so arg, wenn einer von ihnen Vermutungen hätte.
Ja, findst du? Nämlich der einzige Punkt, wo ich echt Bammel hab. Konfessionell geleitete Kliniken sind da empfindlich. Und meine Stelle hätt ich natürlich gerne behalten.
Du bist völlig zu verstehn. Selbst von nem katholischen Chefarzt; sogar von ner Oberin. Denn deine Motivation entspringt der Verzweiflung, dem Trotz. Du liebst diesen jugendlichen Patienten, um dich an deinem Exgatten zu rächen; beziehungsweise, um ihn vergessen zu können.
Ben, bist du betrunken?
Hilde wird s *so* formuliern: Du zahlst es mir heim mit diesem Jüngling, dem ihr s Bein amputiern mußtet, weil er sich, in seinem blöden Lebensüberdruß, unbedingt vor die S-Bahn schmeißen mußte. Du hast dir Freddy nur unter n Nagel gerissen, um mich zu demütigen; klar?
Ich fang an zu begreifen. Du hast ihre Verdächtigungen für voll genommen.
Ich hab sie ausgebaut. Ich hab mich voll zu meinem sündhaften Wandel bekannt. Ich hintergeh dich mit meiner Assistentin. Ich werd dich ihretwegen verlassen. *So* einer bin ich.
Aber Ben, du hängst doch an den Kindern. Du kennst sie doch. Die sehn dich doch nie wieder an, wenn sie jetzt glauben müssen, *du* hast den Anstoß zur Trennung gegeben.
Dafür werden sie *deinen* Schritt jetzt verstehn. Und bestimmt auch Freddy eines Tags akzeptiern. Was er braucht.
Du bist von einer scheußlichen Großmütigkeit.

Ich liebe dich, Dora. Wann hab ich schon noch mal die Möglichkeit, dir das zu beweisen.
Bitte hör auf.
Nur eine Bedingung. Du mußt ihm klarmachen, daß ich sein Rivale bleibe. Er soll um Gottes willen aufhörn, mich sympathisch zu finden. Sonst garantier ich für nichts.
Und wenn *ich* die Garantie übernähme –?
Kannst du garantiern, daß *er* die Dankbarkeit runterschluckt und *du* das Mitleid vergißt –?
Freddy und ich lieben uns, Ben.
Ich hoff s.
Tja –
Du machst den Eindruck, als führst du gern noch mal in die Klinik.
Das einzige, was mich in unsrer Ehe immer gestört hat, ist diese elende Gedankenleserei gewesen.
Bitte –: Kannst s ja auch bei *mir* mal versuchen.
Du möchtest, daß ich dir schnell noch helfe, den Tisch abzuräumen.
Bravo.

WUNSCHKIND

Was wolln Se n.
Komm vom Sozialamt. Jugendfürsorge.
Ham Se aber doch sicher n Ausweis.
Aber klar, Frau. Hier, sehn Se.
Sieht echt aus. Man erlebt ja die dollsten Dinger.
Wem sagen Se n das.
Schlimmsten sind immer die, wo ein bekehrn wolln. Na, und so die Vertreter. Neulich wollt mir doch einer n Posten Spielzeuchpanzer verscherbeln. Dreißich Prozent Rabatt. Grade überleg ich, wie kriste den Mann wieder raus, da klingelt s noch mal. Was mein Se, wer steht da?
Lassen Se mich überlegen.
Polizei. Die Panzer warn bei Quelle geklaut.
Nu denken Se an.
Trotzdem: Ein hab ich genomm. Ich mein: So preiswert kricht man so n Ding ja nie wieder.
Nee; ham Se recht. Spielt er denn gern mit?
Der Junge? Ganz verrückt isser nach.
Schade, daß er nich da is. Oder isser so still?
Der macht Krach für zehne. Zum Glück sind wir n lärmiges Haus.
Hat man selten, daß Kinder Krach machen dürfen.
Alte Regel: Austoben lassen, dann legt sich s auch wieder. Aber komm Se doch rein.
Halt Sie auch nich lange auf.
Na, hörn Se. 'ne Frührentnerin wie ich, was hat n die schon zu tun?
Sein Se man nich so bescheiden. 'n Junge in dem Alter, der hält ein doch ganz schön auf Trab.
Sie: Wer die Freude, die man an so m Kind haben sollt, mit Arbeit verwechselt, dem is doch nich mehr zu helfen.

Sie sind ne patente Person.
Nee; einfach bloß dankbar. Ich mein: Is das nich ne wunderbare Sache, dauernd anne eigne Kindheit erinnert zu wern? So was hält jung. Na, und wie ein so n Kind erst erzieht! Sehn Se sich um. Fällt Ihn was auf?
Puppige Küche.
Liecht irgendwas rum? Is irgendwas dreckich?
Alles tipptopp.
Kucken Se mal in die Anrichte hier.
'n Glanz, daß sich ei'm die Pupillen verdrehn.
Sein Lieblingsgeschirr. Hab n schon so weit, daß er s selber abwäscht, gleich nach m Essen.
Sein Se bloß vorsichtich. Man kann da auch übertreiben.
Für wen halten Se n mich? Doch nich andressiert, so was. Ich sach da kein Piep. Ich mach s, und er macht s mir nach.
Hauptsache, nich mechanisch.
Wo denken Se n hin! Der freut sich. Das is n Spiel. Darf doch n Kind nich drauf stuken, wenn ich versuch, ihm n Beispiel zu geben. Unabsichtlichkeit is erstes Gebot.
Sie angaschiern sich. In ner Elternberatungsstelle wärn Sie nich mit Gold aufzuwiegen.
Reden Se nich so n Stuß. Weiß doch heut jeder.
Aber nich jeder *liebt* sein Kind so wie Sie.
Nu bitt ich Sie. Man kricht doch alles tausendfach wieder. Was mein Se zum Beispiel, wie ich achtgeb auf mich.
›Achtgeb‹, wie mein Se n das.
Na, sehn Se doch: Ich renn nich verschlampt rum. Ich geh jede Woche zum Frisör. Ich seh zu, daß ich morgens wie aus m Ei gepellt bin.
Merkt er so was denn schon?
Na, Sie ham ne Ahnung. Neulich hatt ich vergessen, mir die Nägel zu lackiern. Wissen Se, was er gesacht hat? –: »Du bist noch nich fertich.« 'n Kind von dreieinhalb Jahrn! Is doch doll, is das doch.
Hm. Und sonst der Kontakt?
Innich. Kann man nich anders sagen.

Sagen die andern das auch?
Die andern –?
Na, so die Mieter im Haus.
Sie machen mir Spaß. Laß doch kein Mieter rein, wenn ich mich mit dem Jungen abgeb.
Seh da n Spielzeuchdampfer rumstehn –: Baden Se n viel?
Woche oft zwomal. Eigentlich bloß wegen ihm.
Isser denn so verrückt auf Wasser?
Bringt sich jedesmal vor Gekreisch und Strampeln fast um. Na, und vor allem die Gummitiere, die Schiffe. Hier –: Wolln Se mal sehn?
Werd verrückt. Ja die reine Spielwarnabteilung, Ihr Bad!
Sollten Se erst Kurtchen sein Zimmer mal sehn.
Wo, sachten Se, isser jetz –?
Hab ich gesacht, wo er is?
Nee –? Dachte.
Komm Se *nie* drauf.
Mit der Oma im Zoo.
Mit n paar andern Kindern zusamm bei der Feuerwehr. Hab *ich* eingefädelt für die.
Was Bessres könn Se m Kind gar nich antun.
Sag ich doch immer. Nischt gegen n Nilpferd. Bloß, hat er vielleicht mit so m Ding mal zu tun? Nee. Aber wenn s morgen hier brennt, muß er die Feuerwehr anrufen könn. Also muß er auch wissen, wie die funktioniert.
Richtich. Nur, man sollt beim Kind auch die Phantasie unterstützen.
Na, denn komm Se mal mit in sein Zimmer. Vorsicht, da liecht n Ball. Auf m Flur hier, da nehm ich s nämlich mit der Ordnung nich so genau; hier muß er rumtoben dürfen. Stoßen Se sich nich anne Schaukel.
Hübsche Märchenbilder hier anne Wände.
Alles bloß aus so ne, wo keine Grausamkeiten drin vorkomm.
Bloß, häng die nich n bißchen hoch, so für n Kind?
Na, hab n doch meist auf m Arm, wenn er se sehn will. So –: hier.

Also, nee, Frau –! Da is ja Disney-Land ne Grieneisen-Filiale daneben!
Mein Motto is: Wenn Kurtchen koppstehn will, soll er koppstehn. Wenn er Kasperles braucht, müssen Kasperles dasein.
Aber hier hat er ja n paar *Fuhren* von Kasperles und Teddys gebraucht! Nee, und so was von Autos! Und wo ham Se denn die Bilderbücher da alle her?
Mann, Sie stelln vielleicht Fragen. Hat n Kind n Bedarf oder nich?
Na, aber doch wohl mit Maßen.
Hörn Se zu, Herr. Woran liecht s, daß der Mensch unterdrückt wird? Das liecht daran, daß n keiner gelehrt hat, Ansprüche zu stelln. *Kurtchen* stellt Ansprüche, wetten?
Gewonnen, Frau; dicke gewonnen. Aber nu sagen Se doch bloß mal, wie findt er sich hier denn zurecht?
Bestens. In dem Zimmer hier hat jeder n Namen. Ich fang mal rechts mit dem Teddy da an: Knuffelchen, Pritzelchen, Schnuff, Bizzi-Bazzi, Kullerkopp, Kükelchen, Mitze-Matze, Ottokar, Zimbel-Zambel, Bibbibopp –
Lassen Se s gut sein, Frau; hab mein Notizbuch nich mit
Appropoh –: Weswegen sind Se n eigentlich gekomm?
Reine Routinesache: Sie ham n paar Impftermine verschwitzt.
Na, die liegen doch wohl nich genau auf n Tach fest.
Auf n Tach nich; auf n *Jahr* schon.
Versteh nich.
Wir ham Sie monatlich mit hundertzehn Mark unterstützt. Dazu komm die hundert Emm Kindergeld noch. Ham Se prima angelegt, Frau; kann man nich anders sagen.
Und das is erst n Bruchteil. Sehn Se mal hier inne Schränke: Das sind Pullis, das sind Höschen, das is Wäsche. Na, und die Anzügelchen, sind die nich süß? Hier, den hab ich erst gestern erwischt. Modellanfertigung, Schaufensterstück; sechzig Prozent runtergesetzt. 'n Jammer eben bloß, daß er ihm schon in nem halben Jahr wieder zu klein is.

Was man von dem Bett da ja nu wohl *nich* sagen kann.
Nee; das is auf Zuwachs berechnet; *hier* hat s geklappt.
Trotzdem, Sie wern noch ganz schön die Beine anziehn müssen; hab ich recht?
Ich –?! Wie komm Se n darauf?
Na, seh da den Kopfabdruck auf m Kissen. Für Kurtchen wohl doch n bißchen arg groß.
Du lieber Himmel, warum soll ich denn nich mal mit ihm knudeln im Bett?
Weil Ihr Kind seit gut nem Jahr tot is, Frau Kuhnke; uns fehlt jetz bloß noch der Monat.
Ihr gönnt ei'm aber auch nischt.

Und ich sag dir: er hat mich erkannt.
Ein Mann hat dich angesehen, na und.
Er war es. Wie hätte er mir denn sonst gleich zweimal begegnen können an diesem verregneten Vormittag; einmal auf dem Werkgelände sogar.
Allein in den Fertigungshallen sind fast drei Dutzend Griechen beschäftigt. Die ähneln einander doch alle.
Er kam extra noch mal zurück. Er hat mich beinah gestreift. Und dann dieser Blick. Sogar dem Chauffeur fiel er auf.
Ein Phantom. Du schleppst das einfach zu lange mit dir herum. Daß sich das mal halluzinatorisch niederschlägt, ist doch kein Wunder.
Ich könnt es beschwören: Es ist der Sohn dieses Patrokles gewesen, der damals den Bürgermeister vertrat. Er hatte genau sein Gesicht.
Ich gieß dir noch Kaffee ein. Gibst du mir mal die Tasse?
Er hatte ihn schon als Vierzehnjähriger, diesen Blick. So hat er mich auch angesehen, als wir seinen Vater mitnahmen.
Der Pförtner kontrolliert jeden, der reinkommt. Hast du dich mal bei ihm erkundigt?
Ich brauch keine Bestätigung. Ich hab *jeden* der zehn so behalten; und da wir sie zu Hause abholen mußten, auch ihre nächsten Verwandten.
Komm. Daß dich diese *Sache* peinigt, das weiß ich. Aber fang jetzt nicht wieder mit den einzelnen an. Das ist erledigt. Das macht dich nur fertig. Und du bist gerade schon fahrig genug.
›Fahrig‹.
Theo. Es fällt schon den Herrn vom Aufsichtsrat auf, wie verändert du bist. Von unsern Mitdirektoren lieber erst gar nicht zu reden.

Die Herren werden sich nicht mehr lange die Köpfe zerbrechen müssen: Ich werde ihm nämlich zuvorkommen, diesem Patrokles.
Ja; so gefällst du mir wieder.
Bitte irr dich jetzt nicht.
Du weißt, daß ich dir zumindest das Zwanghafte deiner Lage nachfühlen kann. Es war Krieg. Du hast auf diese Brückensprengung reagieren müssen. Daß es trotzdem ein schrecklicher Entschluß gewesen sein muß, die zehn dafür zu erschießen, liegt auf der Hand.
Du hast eine sensible Art, die Dinge beim Namen zu nennen. Nur erlaub mir vielleicht zu ergänzen, ich hab die Delinquenten auch *auswählen* müssen.
Davon hast du mir nie was gesagt.
Welcher Vorgesetzte gibt schon gern zu, Befehlsverweigerer unter seinen Leuten zu haben.
Du willst damit sagen, deine Unterführer weigerten sich, die zehn zusammenzuholen?
Ja: Ich hatte die Wahl, einen Leutnant, zwei Feldwebel, drei Unteroffiziere vor s Kriegsgericht zu bringen oder selber wegen unterlassener Vergeltung verurteilt zu werden.
Das ist es, was ich unter ›zwanghaft‹ verstehe. Du konntest nicht anders.
Ich *hätte* anders gekonnt. Ich hätte lediglich ein paar Prinzipien zu suspendieren gehabt und dafür auch einstehen müssen.
So redet man heute. Degradierung in Kriegszeiten, Theo, ist keine angenehme Geschichte. So was wirkt sich leicht auch auf s Berufsleben aus. Vater jedenfalls hätte dich dann bestimmt nicht ins Werk reingenommen.
Ich glaube, du verstehst mich noch immer nicht ganz.
Ich bitte dich. Niemand hat ja wohl intensiver dran teilgenommen, wie dich das psychisch gestreßt hat, als ich. Du *mußt* dich wehren. Du bist das ganz einfach deiner Selbsterhaltung schuldig. Hab ich recht?
Ja. Nur im umgekehrten Sinn, als du glaubst.

Jetzt versteh ich dich *wirklich* nicht ganz.
Gertrud. Ich hab mich heut nacht zum schwersten Schritt meines Lebens entschlossen.
Das klingt arg endgültig.
Ja.
Warum machst du mir angst.
Nichts liegt mir ferner.
Deine Hand zittert.
Ich kann nicht mehr. Ich wußte es. Ich hab es *immer* gewußt: Dieser Tag *mußte* kommen. Er war terminiert.
Erinnre dich: Anfechtungen ähnlicher Art hast du schon häufig gehabt.
Es wird die letzte sein. Und die erste, die du mir nicht mehr ausreden kannst: Ich werde mich stellen.
Gibst du mir Feuer? – Danke. Liebling, darf ich präzisieren? Du personifizierst dein Unbehagen. Du kapitulierst vor einem Popanz, mit anderen Worten.
Ob Patrokles oder ein anderes Zeichen –: Beim nächsten drehe ich durch.
Das redest du dir ein. Logisch, daß man sich da reinsteigern kann. Logisch aber auch, daß sich das abbauen läßt. Natürlich muß man es wollen.
Ich will dir sagen, was ich will: Ruhe haben, Gertrud; nichts als Ruhe. Ich bin am Ende; dieser Patrokles hat es mir gezeigt.
Gut. Nehmen wir ihn mal, wie du ihn siehst. Was kann er tun? Dich beschuldigen. Dich in deinem eigenen Schuldgefühl bestärken. Gegen beides steht: Du hast unter Befehlsnotstand gehandelt.
Jeder äußere Notstand wird außer Kraft gesetzt, wenn er einen inneren provoziert.
Ich glaube, daß es das Wesen von Befehlen ist, solche Skrupel gar nicht erst aufkommen zu lassen. Man hat dir deine Verantwortung abgenommen. Du kannst sie dir jetzt nicht wiederholen. Es *ist* nicht mehr deine.
Man kann mir nicht etwas abnehmen, das ich nicht hergebe.

Du mußt dir aber auch einen Sinn für schicksalhafte Verkettungen bewahren. Du bist mit einem Anschlag konfrontiert worden, dessen Auswirkungen von vornherein feststanden; du hattest sie lediglich in die Tat umzusetzen.
Manchmal wünschte ich, dein Vater wäre Gemüsehändler gewesen, nicht General.
Da seine generalstäblerische Begabung ihn für die Industrie prädestinierte, hättest du dann nur leider nicht in deinem Direktions-Sessel der Aluminium-Treuhand gesessen.
Als Nebenprodukt meines Entschlusses fällt übrigens auch ab, daß ich endlich aufhören kann, deiner Familie für diesen Job dankbar zu sein.
Bitte deutlicher, Theo.
Ich habe mit Rechtsanwalt Herdegen gesprochen.
Woher kenn ich den Namen.
Aus der Zeitung. Herdegen ist Ankläger in mehreren KZ-Prozessen gewesen.
Und warum warst du ausgerechnet bei *ihm*?
Ich sagte dir, ich werde mich stellen.
Bist du verrückt? Du hast ihn eingeweiht?!
Er wird über das Griechische Konsulat die Unterlagen anfordern.
Und die Firma?!
Die Firma interessiert mich seit gestern nur noch begrenzt.
Du bist sanatoriumsreif, Theo.
Wenn es das gibt, bin ich reif für die Sühne.
Du *hast* gesühnt. Man kann nicht mehr tun, als unter einer solchen Belastung seinen Mann zu stehen.
Man *kann* mehr tun, Gertrud. Du wirst es sehn.
Du hast siebenunddreißig Jahre mit dieser Sache gelebt. Die Hauptschuldigen, die dich und all die andern da mit reingezogen haben, sind längst bestraft. Genügt dir das nicht?
Mich *hat* niemand mit reingezogen. Ich habe in diesem elenden Krieg als Offizier meine Pflicht getan, nur zu spät begriffen, daß es auch ›Pflichten‹ gibt, die diese Bezeichnung nicht verdienen, da sie verbrecherisch sind. Die Schuld der anderen

interessiert mich in diesem Zusammenhang wenig; ich hab mich um meine eigne zu kümmern.
Und wie wäre es, du kümmertest dich ›in diesem Zusammenhang‹ auch ein wenig um *mich*?
Gertrud. Ich danke dir viel; beruflich fast alles. Aber hier bin ich allein. Du warst nicht dabei. Es geht einzig um mich.
Muß ich dich wirklich erst dran erinnern, wie oft du mich gezwungen hast, an dieser Exekution teilzunehmen? Wie oft du aus Alpträumen auffuhrst –? Wie oft du in Depressionen verfielst –? Wer hat dich da wieder auf die Beine gestellt? Ich. Nachdem du mich zum tausendsten Mal mit jedem Detail vertraut gemacht hattest.
Auch *das* wird aufhören jetzt.
Ich fürchte, ich muß deutlicher werden: Ich will sagen, ich hab die zehn allmählich genauso unter den Schüssen zusammensacken sehn wie du.
Um so mehr bin ich es dir schuldig, unter all das jetzt einen Schlußstrich zu ziehn.
›Schlußstrich‹ ist richtig. Nur, den kann kein Ankläger ziehn. Der ist deine Sache. Leider scheinst du nur zu feige zu sein.
Du bist so unsachlich plötzlich.
Eine Bezeichnung, die auf dich eher zutreffen dürfte. Du bist ja noch nicht mal fähig, emotionsfrei den Tathergang zu schildern.
Nein –? Dann hör zu. Es ist ein flirrend heißer Mittag gewesen. Die Trümmer der frisch gesprengten Brücke zitterten leicht. Nur von den Olivenhainen südwestlich des Dorfs kam ein kaum spürbarer Lufthauch herüber. Ich fragte die zehn, ob sie Durst hätten. Sie antworteten nicht.
Da, bitte.
Ich versteh nicht.
Darf ich dir helfen? –: Du poetisierst ein Verbrechen.
Ich habe kein Verbrechen begangen!
Und warum willst du dann, daß man dich anklagt?
Ich kann so nicht mehr leben. Ich habe zehn Menschen er-

schießen lassen: Zehn Menschen für eine gesprengte Brücke. Ich kann nicht *einen* der zehn wieder lebendig machen. Aber ich kann für diese Tat zu sühnen versuchen.
Im Gefängnis. Im Zuchthaus. Natürlich.
Zugegeben, daß meine Büroräume sich dafür weniger eignen.
Das würde ich gar nicht mal sagen. Das läge ganz an dir. Allerdings, wenn du als Konzentrationshilfe erst Enge und vergitterte Fenster benötigst, beweist das, es ist noch zu früh. Denn Zelle bedeutet Zwang. Sühne aber braucht die freie Entscheidung.
Wie kann man frei sein, wenn man getötet hat.
Also ist *deine* Sühne-Auffassung die falsche.
Die falsche für *dich*. *Ich* kann jetzt keine Freiheit gebrauchen; was *ich* brauche, ist Zwang.
Und was erreichst du, wenn du dich ihm unterwirfst? Daß du dir irgendwann mal das Gefühl leisten darfst, zwischen damals und heute liegt eine erlaubte Distanz. Eine Binsenwahrheit, für die du die teuersten Jahre bezahlst, die du je hattest.
Jahre gegen Leben –: Ich bin doch nicht so anmaßend zu glauben, daß sich das aufrechnen ließe!
Und was soll dann der Sinn dieser ›Sühne‹ sein, wenn sich noch nicht mal die Optik verändert, unter der man diese Sache betrachtet?
Daß ich bekenne. Daß ich mich in ein Verhalten füge, das dieser Tat angemessen ist.
Deine Schwäche will Satisfaktion. Ein trauriger Handel.
Es gibt das Ende, und es gibt die Grenze. Ich bin am Ende meiner Kraft. Deshalb möchte ich an die Grenze meiner Möglichkeiten, um vielleicht von dort her wieder Kraft zu empfangen.
Und warum willst du dir diesen Weg von Ortsfremden vorschreiben lassen, wo es doch einzig drauf ankäme, ihn in dir selber zu finden?
Er muß eingeteilt werden. Jede Strecke braucht ihre Zeit. Ich wäre zu hastig. Ich würde mich zu sehr beeilen.
Aber was nützen fünf oder zehn Jahre, deren angeblicher Läu-

terungswert dir erst zugut kommt, wenn du sie hinter dir hast? Wer soll denn der Gradmesser deiner Veränderung sein, wenn es deine bisherige Umwelt nicht ist? Dieser Herdegen, der hat doch keine Ahnung von dir.

Herdegen ist nichts als ein Türhüter. Er steht vor m Gesetz. Und ich will da rein.

Du brauchst keine Paragraphen. Du brauchst Abstand. Abstand von dieser Sache und – Abstand von dir.

Ich bleib dabei; du bringst mich von meinem Vorsatz nicht ab.

Ich stelle ja nicht deinen Vorsatz in Frage, sondern nur die Instanz. Ein Gericht hat kein Einfühlungsvermögen. Du brauchst einen Beurteiler, der dich kennt. Na, und wer wäre da wohl geeigneter, Theo, als ich.

Du bist vorbelastet. Wenn es nach dir ginge, hätte Patrokles den Werkschutz am Hals und erledigt.

Ach nein, ich seh das schon ein bißchen breiter gefächert. Denn hier steht ja nicht nur unser Name, sondern auch unsre Firmenbeteiligung auf dem Spiel. Von der Reaktion meiner Familie rede ich lieber erst gar nicht.

Du vergißt, ich werde die Hilfe des Staatsanwalts haben.

Dann gibt es auch noch folgende Möglichkeit, Theo. Wir suchen Professor Dormeyer auf. Du weißt, wie eng verbunden er mit dem Schicksal der Firma ist. Er wird dir dringend eine Luftveränderung empfehlen und das auch entsprechend begründen. Die Koffer sind schnell gepackt.

Tut mir leid, Gertrud: Flucht ist keine Lösung.

Aber Liebling. Wer redet von Flucht. Deine Gesundheit ist angegriffen. Jeder im Werk ahnt es: Du stehst unter starkem psychischem Druck. Du brauchst dringend Erholung. Wie lange sind wir schon nicht mehr im Ferienhaus auf Mallorca gewesen. Das ist doch jetzt geradezu ideal.

Wenn ich mich erst noch besinnen müßte, vielleicht. Aber worauf besinnen? Ich weiß, was ich tun muß.

Du kannst in dieser Verfassung jetzt keinen Prozeß durchstehn, der so an unsern Lebensnerv ginge.

Ich kann.

Stell dich wenigstens erst einer klärenden Vor-Instanz: Stell dich *mir*.

Noch vor einem halben Jahr hätte ich das als einen wirklich hilfreichen Sinneswandel betrachtet. Aber immer hast du abgewinkt. Immer mich beschworen, die Vergangenheit ›ruhen‹ zu lassen.

Ich fang an einzusehen, daß das falsch gewesen ist, Theo. Wir sollten über all das im Urlaub jetzt geduldig miteinander reden.

Das sagst du heute. Und wie würdest du morgen reagieren, wenn ich dich beim Wort zu nehmen versuchte? Wie immer.

Liebling, auch ich habe dazugelernt. Ich weiß jetzt, was auf dem Spiel steht. Du siehst ja: Ich nehme sogar schon diesen Patrokles ernst.

Erst kürzlich hast du mir wieder geraten, wenn ich es schon nicht vergessen könnte, sollte ich es doch wenigstens gewaltsam verdrängen.

Ich versprech es dir: Wir werden auf Mallorca genügend Zeit haben, uns darüber zu unterhalten, daß Verarbeiten wirksamer ist als Verdrängen.

Du würdest mir nichts mehr ausreden wollen? Auch nicht mehr ungeduldig werden?

Ich bitte dich. Worauf kommt es denn jetzt an? Doch einzig darauf, daß du die Chance wahrnimmst, dich wandeln zu können.

Aber wandeln ohne Bestrafung –?

Sei gerecht: Denk an die Alpträume, an die Depressionen.

Und wenn wir nach Griechenland führen – in dieses Dorf?

Du möchtest, daß dir die Hinterbliebenen einen Verzeihenswein mit Ziegenkäse kredenzen?

An ihrem Verhalten würde mir klar, ob ich auch wirklich das Recht habe, mich wandeln zu dürfen.

Das Recht hat jeder.

Aber ich hätte mir damit auch noch was andres bewiesen.

Daß du die Rache nicht fürchtest; ja und? Was hat Mut mit der Notwendigkeit einer Wandlung zu tun?
Er könnte ihr Angelpunkt sein.
Er könnte auch Dorfjustiz provozieren. Einen Steinhagel; eine einsame Kugel.
Du argumentierst sehr einfühlsam.
Weil ich dich gern zu einer andern Furchtlosigkeit hingeführt hätte: der vor dir selbst.
Und wer sagt mir, daß dieser Weg der richtigere ist?
Mein Argwohn, deinem Schuldgefühl gegenüber. Denn es vertrüge keine objektive Betrachtung.
Es ist ja nicht nur das Schuldgefühl; mit ihm ließe sich leben. Es ist seine Koppelung an das Gewissen. Das *Gewissen* deformiert die Seele; gegen Schuld ist sie immun.
Du stufst es zu hoch ein. Gewissen ist eine Sache präzisen oder weniger präzisen Erinnerns. Wenn ein Erinnerungsfoto seine Funktionen erfüllt hat, verblaßt es; da soll man es nicht retuschieren.
Und wenn hart vor m Verblassen – vielleicht eben deshalb – die große Verzweiflung erschiene?
Laß sie doch kommen. Wenn sie erwartet wird, ist sie abgeschmettert, noch bevor sie beginnt.
Und wenn sie so viel Kraft besäße, daß sie Selbstaufgabe und Tod suggerierte?
Ein gewollter Unglücksfall –: Was hätte der mit Sühne zu tun? Mit Sühne, wie du sie verstehst –?
So hast du noch nie mit mir gesprochen.
Du hast dich auch noch nie der falschen Instanz stellen wollen.
Um Gottes willen, wie komm ich da jetzt wieder raus?!
Laß mich nur machen.
Was wirst du tun.
Mit dir zu Professor Dormeyer gehn. Er wird dich vorübergehend für stark depressiv und nicht ganz zurechnungsfähig erklären. Wir führen das auf ein Kriegserlebnis zurück: Du hast als Zuschauer mal einer Exekution beiwohnen müssen; das Trauma wirkt bis heute noch nach.

Aber wir müssen sofort diesen Herdegen anrufen!
Laß das doch jetzt Dormeyer machen. Das heißt – du kannst mir das Telefon trotzdem mal reichen.
Wen rufst du an.
Den Werkschutzleiter. Du hast völlig recht: Wenn es deinen Patrokles gibt, ist er in spätestens einer Stunde gefaßt. Und einen unerwünschten Ausländer abzuschieben, ist ja wohl kein großes Problem.
Du machst einem direkt wieder Mut.
Wir sind uns einig mit Mallorca –?
Wir fliegen morgen vormittag. Ich sag sofort dem Mädchen Bescheid, wegen der Tickets.
Du bist wirklich ein Schatz.

IHR STOLZ, SEIN GLÜCK

Da bin ich.
Danke, Pietro.
Hier.
So teure Blumen.
Ist doch ein besondrer Tag heute.
Ja. Vielleicht.
Bestimmt, Meta.
Sie stehn ja immer noch.
Ich seh mich um. Es ist schön hier. Gemütlich.
Sie hätten längst schon mal kommen sollen.
Sie wollten es nicht. Wegen der Leute.
In diesen Hochhäusern sitzt man arg aufeinander. Da weiß jeder von jedem alles.
Was man heute ändert, hätte man auch gestern ändern können.
Ich glaube, Sie haben recht.
Ist das Ihr Mann?
Ja. Das war mein Mann.
Er sieht verübelt aus.
Sie meinen ›vergrübelt‹.
Er hat viel nach innen gekuckt. Davon haben sich seine Augen entzündet.
Er hatte es auf der Lunge.
Sie meinen, in der Lunge.
Ja. Tuberkulose. Gibt da ein Stadium, wo man sich immer mehr in sich selber verkriecht. Er ist ständig kleiner geworden.
Wie mein Großvater. »Er wächst zurück in die Erde«, hat die Mutter gesagt.
Ich gieß uns erst mal Kaffee ein.
Riecht nicht schlecht.

Mocca. Werd mich ganz schön zurückhalten müssen.
Ich koch mir abends immer noch einen Espresso.
Ich versuch mir oft vorzustellen, wie Sie da wohnen.
Bett, Tisch, Schrank. Fenster zum Hof.
Nichts an der Wand?
Die Madonna von Lourdes. Fotos meiner Familie.
Nicht, daß Sie denken, mein Herz war immer so zickig.
Was ist ›zickig‹?
Eine Zicke ist eine Ziege. Allerdings meint man da meist eine alte. ›Zickig‹ meint eine junge. Eine junge, die unberechenbar springt.
Dann haben Sie ein junges Herz.
Auf jeden Fall ist es, seit ich Sie kenne, nicht älter geworden.
Der Kuchen ist gut.
Selber gebacken.
Er schmeckt nach Eiern, Butter und Nüssen. Warum ist da die Pflanze vertrocknet?
Eine Lichtfrage, Pietro. Das heißt zwar ›Lichtschacht‹ da draußen; aber ›Schacht‹ hätte genügt.
Zu Hause sind wir froh, die Zimmer voll Schatten zu haben.
Dafür mag die Sonne Sie lieber.
Die Sonne liebt alle. Auch die Verborgenen. Ist ›Verborgenen‹ richtig?
Der ganze Satz ist richtig. Ich hab mich geirrt.
Fünf Kerzen. Warum so viele?
Jede steht für zehn Jahre.
Sie sind drei Jahre jünger als ich.
›Jünger‹ klingt hübsch.
Wir haben es lieber, wenn man den Namenstag feiert. Da weiß man, es feiern zehntausend. Seinen Geburtstag begeht man allein. Das bleibt so, so viel man auch feiert.
Ja. Probiern Sie den Wein.
Sie zuerst.
Ich freu mich, Pietro, daß es Sie gibt.
Es ist immer schön mit Ihnen gewesen.
Sie sagen das so abschließend.

Ich sag es zu diesem Tag.
Wir haben eigentlich immer eine Menge zusammen gemacht. Wenn man bedenkt, daß wir beide bis sechs zu arbeiten haben –
Und bei mir kam auch noch das Baden hinzu.
Ich hab meist Katzenwäsche gemacht. Viel zu aufgeregt gewesen, um mich jedesmal erst noch zu duschen.
Der Müllstaub geht nicht nur in die Kleider. Der vermischt sich auch mit dem Schweiß. Gar nicht so einfach, das immer runterzukriegen.
Ich mag Ihre Seife.
Man darf sie nicht wechseln. Dem Menschen gehört nicht viel. Deshalb braucht er einen eignen Geruch. Man muß ihn auch im Dunkeln erkennen.
Einmal war das Licht ausgegangen –: sonntags, in dem Ausflugslokal; erinnern Sie sich?
Der Blitz war in die Leitung geschlagen. ›Geschlagen‹ klingt komisch.
Stimmt aber trotzdem.
Der Wirt hat dauernd versucht, die Gäste zu beruhigen. Dabei hatte überhaupt niemand Angst. Außer ihm.
Wir haben gewettet. Mit Handschlag. Sie haben meine Hand fast zwei Minuten in Ihrer gehalten. Es ist wirklich stockdunkel gewesen.
Sie haben gesagt: Er hat Angst um die Kasse. *Ich* hab gesagt: Er hat Angst, wir könnten weggehn, ohne zu zahlen.
Wir hatten uns *beide* geirrt. Er war um den frisch aufgeschnittenen Braten besorgt.
Der beste Wein, den ich kenne.
In Deutschland.
Bei uns *kauft* man den Wein; man schenkt ihn sich nicht.
Ja, ich hab mir Mühe gegeben. Extra in eine Weinhandlung gegangen. So viel probiert, daß ich einen richtigen Schwips gekriegt hab.
Vielleicht kriegen Sie heute wieder einen.
Lieber nicht. Da kommt mein wahres Wesen zum Vorschein.

Kenn ich s nicht schon?
Hoffentlich nicht. Es ist arg melancholisch.
Warum. Das Leben ist schön.
Ich muß mich erst dran gewöhnen.
Er riecht nach Erde, nach nassem Stein.
Nach Herbst. Ich hab mich einfach auf alles konzentriert, was ich von Ihnen kenne. Auf Ihren Gang, Ihre Stimme, Ihre Hände. Auch darauf, wie Sie den Mülleimer hochgewuchtet haben mit Ihrem Kollegen, als ich Sie damals während der Arbeitszeit traf. Ich hab mir gesagt: Der Wein muß schmecken, wie aus all dem die Summe.
Jetzt haben Sie eben *so* vor sich niedergesehen – Sagt man ›niedergesehen‹?
Ja.
– wie damals, als ich zum ersten Mal vor Ihnen stand.
Sie meinen: Vor m Schalter.
Ich meine: Vor Ihnen.
Sie haben Briefmarken verlangt. Zwei à fünfzig.
Ich hab sie von *Ihnen* verlangt. Schließlich, der Schalter neben Ihnen war ja *auch* besetzt.
Dort wären Sie sogar eher drangekommen.
Sie haben mir gleich gefallen.
Ich hätte Sie angelächelt. Aber ich spürte den Blick der Kollegin. Sie sah dauernd rüber, weil ich mir so viel Zeit nahm, die Marken auf Ihre beiden Briefe zu kleben.
Ich seh zu italienisch aus. Das ist ein Fehler in Deutschland; sei denn, man kann ihn mit einer Pizzeria ausgleichen.
Meine Kollegin *ist* sonst gar nicht so.
Ich weiß nur, es gibt diesen Blick hier sehr oft. Es liegt eine ziemlich geringe Schätzung in ihm. Er will kleinmachen.
Geringschätzung ist selber klein.
Davon kommt es, daß man kleinmutig wird.
Meinen Sie *mich*?
Ich mein *uns*. Zu Anfang hab ich Sie immer noch abgeholt, wenn ich früher Schluß hatte. Und wir sind auch nie wieder in das Café gegangen, gegenüber der Post.

Ich hab die Cafeteria viel schöner gefunden.
Aber was für ein trauriges Land, wo man, um sich wohlzufühlen, erst ins eigne Mauseloch muß.
Ich arbeite schon zu lang auf der Post. Die Kollegen haben alle meinen Mann noch gekannt. Und die Leute hier auch.
Ein Toter verdient Ehre; sonst nichts.
Sie sagen, was ich empfinde. Pietro –: Warum hab ich Sie eingeladen?
Weil wir uns mögen.
Weil ich es satt habe, Rücksicht zu nehmen. Ich liebe Sie; aber ich möchte mich deshalb nicht ducken.
Sie werden es auch nicht mehr müssen.
Nicht, Sie sehn es mir an? Sie haben mich stolz gemacht. Ich darf stolz sein auf *Sie*. Ich bin nicht eingebildet. Aber ich möchte mir diesen Stolz jetzt anmerken lassen. Verstehn Sie mich da?
Ich weiß nicht, ob ›Stolz‹ das richtige Wort dafür ist. Vielleicht stimmt es für *Sie*. Für mich stimmt eher ›Glück‹.
Danke, Pietro.
Ich hab mich jeden Abend auf Sie gefreut. Ich hab auf einmal den ganzen Tag lang gesungen. Die Kollegen in der Kolonne sind schon beinah verrückt geworden davon. Aber was soll man machen.
Pietro, wollen wir heiraten?
Wie kommen Sie darauf.
Passen wir denn nicht zueinander?
›Passen‹, was heißt das.
Daß wir einander ergänzen.
Mir fehlt nichts, Meta.
Aber wir lieben uns doch.
Ja. Sehr.
Könnte ich da nicht ein Teil von Ihnen werden?
Warum nur ein Teil? Sie sind rund. Eine Frucht. Etwas Ganzes, das schön ist und ruhig macht. Deshalb lieb ich Sie doch. Ich war allein. Allein ist man immer ein Bruchstück. Etwas Ganzes geworden bin ich einzig durch *Sie*.

Und *Sie* haben *mich* glücklich gemacht.
Was Schöneres könnten Sie mir heute nicht sagen.
Dann sollten wir es so lassen.
Ich tu, was Sie wollen.
Ich will, daß Sie so bleiben.
Das klingt merkwürdig, Pietro.
Ich kann es nicht anders sagen.
Als übergäben Sie mir Ihr Testament.
Ich weiß es nicht; aber vielleicht stirbt man auch bei jedem Abschied ein bißchen. Die Leute sagen es jedenfalls.
Sie fahren weg?!
Nach Hause, ja. Morgen früh geht der Zug. Übermorgen bin ich schon in Milano.
Aber warum haben Sie mir denn nichts von diesem Urlaub gesagt?!
Es ist kein Urlaub. Sie haben alle Italiener bei uns entlassen.
Nein.
Sie brauchen die Arbeitsplätze, Meta.
Und *ich*?! Ich brauch *Sie*!
Jetzt braucht mich vor allem meine Familie. Obwohl –: Es wird schwer sein, in Italien Arbeit zu finden.
Aber Sie hätten sich doch auch *hier* etwas suchen können!
Mir gefällt dieses Land nicht mehr. Es ist zu eng und zu fleißig.
Ich fürchte, Sie haben recht.
Ich hab meinen Leuten auch schon telegrafiert. Das erste Mal, daß ich auf der Post war, und Sie haben nicht hinter m Schalter gesessen.
Ja, ich hatte mir heut freigenommen. Für Sie.
Meta, ich bin über ein Jahr nicht mehr zu Hause gewesen.
Natürlich –: Ein bißchen *freun* Sie sich auch.
Bestimmt kommen sie alle zur Bahn. Der Kleine kann ja schon laufen inzwischen.
Ihr Enkel –?
Enkel –? Mein Sohn.
Ich wußte gar nicht, daß Sie schon mal verheiratet waren.

Wie kommen Sie auf ›waren‹?
Um Gottes willen.
Warum erschrecken Sie so.
Hätten Sie mir Ihre Frau nicht noch einen Tag länger verschweigen können?
Wieso hab ich sie Ihnen verschwiegen? Sie haben doch während der Schalterstunden alle meine Briefe an sie frankiert.
Woher sollt ich das wissen.
Ich mußte glauben, Sie wollten nicht über sie reden.
Pietro. Wen lieben Sie mehr.
Am meisten lieb ich die Kinder.
Und dann.
Dann lieb ich Iliana und Sie.
Aber Sie müssen sich doch entscheiden!
Wieso muß ich mich entscheiden?
Weiß sie von mir?
Natürlich. Sie hat doch dauernd nach Ihnen gefragt.
Dann haben Sie ihr von mir geschrieben?!
Ich habe ihr *alles* von uns geschrieben. Sie sollte doch teilhaben an meinem Glück. Ist ›teilhaben‹ richtig?
Was das Wort angeht: ja.

INTIMITÄT

Haben Sie meine Socken gesehn?
Nee; tut mir leid.
Ah, hier –: unter m Bett.
Siehste. Findet sich alles.
Sie bleiben noch liegen?
Bißchen noch, ja.
Gar nicht gewußt, daß es schon so spät ist.
Meinst, so früh.
Auf s Frühstück werd ich verzichten müssen.
Hab ich zwei.
In einer Stunde fängt nämlich schon der Kongreß an.
Was de nich sagst.
Am Vormittag vier Referate, am Nachmittag sechs. Wird ein anstrengender Tag.
Langste mir mal meine Handtasche da?
Hier, bitte.
Scheiße. Dacht, ich hätt n Nagellack mit.
Wär mir natürlich wahnsinnig peinlich, wenn ich da zu spät kommen müßte.
Mußte ja nich.
Vielleicht wäre es da doch ganz angebracht, wenn Sie jetzt aufstehn würden.
Dickerchen, *ich* hab kein Kongreß.
Aber Sie werden sich doch ein bißchen zurechtmachen wollen.
Hier –: alles in Mammas Handtasche drin.
Sie meinen, ich soll *allein* runtergehn?!
Trauste dich nich?
Ich hör den Staubsauger draußen.
'n saubres Haus. Schon immer gewesen.
Also, ich krieg doch den Kravattenknoten nicht hin.

Komm her; mach dir das Ding.
Sehr liebenswürdig.
Hier haste n Pickel.
Ich müßte schon längst im Hotel sein.
So. Der sitzt.
Vielen Dank.
Auch eine?
Gottes willen. Werd doch bei *dem* Streß auf nüchternen Magen nicht rauchen!
Ich wär ne Niete, wenn ich mir nach der Arbeit keine anstecken würd.
Moment mal! Nebenan hat jemand geklopft.
Sitte vielleicht. Die bekucken sich unsre Papiere.
Ist ja entsetzlich.
Nee, prima. Gibt nämlich auch ne Menge Nichregistrierte.
Aber sie stellen doch die Personalien fest, nein?
Logisch, Schätzchen. Ham auch n Fahndungsbuch bei. Muß schließlich Ordnung herrschen in unsrer Brangsche. Reichste mir mal n Aschbecher rüber?
Ich glaube wirklich, ich sollte jetzt gehn.
Tu das. Bloß sei so nett und bezahl erst.
Oh. Ist mir wahnsinnig peinlich. Doch buchstäblich vergessen.
Macht nischt. Mamma erinnert schon dran.
Da geht jemand weg.
Na, bitte. Wisch dir mal n Schweiß vonne Stirn.
Also, ehrlich: Darf Ihnen sagen, daß es mir ein ausgesprochenes Vergnügen war, Sie kennengelernt zu haben.
Stop. Da fehlt noch n Lappen für s Zimmer.
Aber das hab ich doch schon gestern abend bezahlt!
Bubi, und was ham wir *jetz?* –: Morgen.
Sie hätten mich aufwecken sollen. Ich wollte spätestens um drei im Hotel sein.
Jungchen, ich penn *auch* mal ganz gern.
Aber muß ja nicht von meinem Geld sein.
'n Dschäntelmän, Dickerchen, biste jedenfalls *nich.*

Also, gut, ich bezahl es. Aber unter Protest.
Und was soll der Zehner hier noch?
Das ist als Trinkgeld gedacht.
Wirste doch wohl selber erledigen, nee?
Ausgeschlossen. Können Sie von *mir* nicht verlangen.
Ach, du meinst, ich renn hier im Haus rum und verteil an jeden ne Markfünfundsiebzich von dir?
Aber ich kenne doch das Personal überhaupt nicht!
Schön, werd ich s dir zeigen. Muß man doch tatsächlich raus!
Bedaure; so lange kann ich nicht warten.
Wetten, Süßer : Du kannst. Los, dalli, bring mir meine Kledahschen da rüber.
Aber bitte beeilen Sie sich.
Steh nich so rum. Mach mir lieber n Be-Ha zu.
Da fehlen mindestens noch zehn Zentimeter.
Immer zieh. Kriegen wir schon.
Das sagen Sie so.
Stell dich nich an. Oder haste n Zahnstocher zur Frau?
Meine Frau lassen Sie gefälligst hier raus.
Na, siehste –: Eins-A verpackt, Mutterns Büste. Was is los; hast ja n ganz roten Kopp.
Muß mich mal einen Augenblick setzen.
Hättst vielleicht nich so rumtoben solln.
Ob Sie mich mal einen Moment lang zufrieden lassen?
Mist. Schon wieder ne Laufmasche. Bloß, weil de wolltst, ich sollt die Strümpe anlassen.
Fällt ja wohl unter Betriebsunkosten.
Irrtum. Sind Sonderausgaben.
Da sind fünf Mark.
Kulant wärn fuffzehn gewesen.
Mir dreht sich alles.
Kriegst n Glas Wasser.
Ich glaube, ich hab den Sekt nicht vertragen.
Den haste längst ausgeschwitzt, Junge. Da, trink.
Schmeckt nach Chlor.
Na ja, n Berghotel is das nich.

Gott, ist mir schlecht.
Komm, bring dich zum Bett.
Mein Kreislauf sackt ab. Ich kann nichts mehr sehn.
Vorsicht. Da liegt n Schuh. Momentchen, pack dir die Beine noch hoch. Geht s?
Lassen Sie mich jetzt bloß nicht allein.
Hör mal, für wen hälst n mich, hm?
Ich krieg keine Luft.
Wern wir gleich ham. Ihr mit euren blöden Kravatten! So; besser?
Halt ich Sie auch nicht von der Arbeit ab?
Nee, nee; laß man.
Oh Gott, ich muß –
Immer raus mit. Is die Waschschüssel, Bubi. Die verträgt das. Ganz hübsche Brocken haste geschluckt. Miese Zähne, was? Meine sind raus. Mamma hat n scharfes Gebiß; ich kau wie ne Eins.
Reden Sie jetzt bloß nicht vom Essen!
'ne Farbe haste –!
Ah, das tut gut.
Feuchtes Handtuch is *nie* falsch. Hatt mal n Kunden, dem mußt ich s um die Ohrn klatschen. Gute Viertelstunde – immer zackzack. Dacht schon, der wird mir nich mehr. Funktzjonär bei der Polizeigewerkschaft; wär mir ganz schön peinlich gewesen.
Mir ist alles so eng.
Moment, pell dich aus. So: Erst mal s Jackett.
Brieftasche lassen Sie drin.
Krampf mir bloß die fünf Zehner hier raus: Knappe Tageseinnahme; dann brauchste dir meinetwegen kein Vorwurf zu machen. Po hoch, krieg sonst die Buxe nich aus.
Ich friere.
Immer langsam; Mamma mummelt dich ein.
Bloß das Hotel. Meine Frau ruft doch da heute nachmittag an!
Kriegt se n Eiltelegramm. Wo hab ich den Stift. Hier. Also:

›Herzliche Grüße aus der Kongreßstadt Berlin Stop Kreislauf rebellisch da ungeheuer zu tun Stop Küßchen –‹ Wie sagt se n zu dir?

Meine Frau nennt mich Waldi.

Hätt man sich fast denken könn. Visitenkarte in der Brieftasche, stimmt s?

Sie gehn doch nicht etwa zur Post?!

Nich doch. Wird telefonisch besorgt. Laß mir ja sowieso jetz s Frühstück raufbringen. So. Und nu machste fein die Kuckerchen zu und schaltst erst mal ab.

Sie sind wirklich nett zu mir.

Kundendienst, Bubi.

EINE HELDIN

Du hast eine neue Frisur?
Mehr fällt dir *nich* an mir auf?
Höchstens dein Ton.
Ja, der is *auch* neu.
Und dieses entsetzliche Kleid.
Na, endlich.
Darf man mal fragen, wovon du diesen Vogelscheuchenumhang bezahlt hast?
Man darf, Schatz: Ich hab was verdient.
Sag gefälligst nicht ›Schatz‹ zu mir. Und schon gar nicht in dieser Betonung.
Du bist entwöhnt, Liebling.
Ich verbitte mir diese Penetranz!
Sprich deutsch. Du weißt, ich versteh Fremdwörter nich.
Das heißt ›Worte‹, nicht ›Wörter‹.
Hauptsache, du kapierst s; hab ich recht?
Willst du wohl endlich aufhören, in dieser Gossenart mit mir zu reden!
›Gosse‹ is n Wort aus m vorigen Jahrhundert. Heut sagt man ›Rinnstein‹. Gibt s ne Rinnsteinart, Schatz? Die wär doch auf jeden Fall bloß ne Art Rinnstein. Oder –?
Also, ich hab das einfach nicht nötig, mich mit dir auf eine Stufe zu stellen.
Nötig vielleicht nich. Aber allmählich würd ich s mal tun; hab schließlich lang genug zu dir hochkucken müssen.
Eben. Wer warst du denn? Wer *hat* denn was aus dir gemacht?!
Ich war n nettes, patentes Mädel. Und das plierige Oma-Gesicht, das ich jetzt hab, das verdank ich, Zug um Zug, dir.
So. Nun paß mal auf. *Noch* so eine ungeheuerliche Unterstellung, und ich sperr dir das Haushaltsgeld und eß im Lokal.

Noch ne auswärtige Schlafstelle dazu, und ich spring an die Decke vor Freude.
Weißt du, wie ich das finde, wenn eine Endfünfzigerin sich wie ein Teenager aufführt? Degoutant find ich das.
Degu-*was* findste das?
Degoutant heißt ekelerregend.
Na, sag das doch gleich.
Ich habe dreißig Jahre versucht, dir so etwas wie Bildung beizubringen. Da kannst du jetzt, weil das verlorene Liebesmüh war, nicht von mir verlangen, ich soll auf *meine* Bildung auch noch verzichten. *Ich* weiß, wie man sich zu benehmen hat.
Geduckt bis an s Grab; alles klar. Bloß, *die* Intenzjohn muß ich dir leider versaun. ›Intenzjohn‹ richtig –?
Richtig ist, daß ein Mann, der hart arbeiten muß, der Frau damit den Luxus ermöglicht, sich um nichts als den Haushalt kümmern zu brauchen. Daß das, schon im Interesse der Frau, gewisse Autoritätsstrukturen bedingt, na, das liegt doch wohl auf der Hand. Schließlich hat man seine Sorgfaltspflichten wahrzunehmen als Mann.
Niedlicher Ausdruck für Rumschikaniern. Merkste, schon wieder n Fremdwort; ich mach mich.
Ich antworte dir jetzt einfach nicht mehr.
Stop, Liebling. *Die* Tour is abgefackelt ab heute.
Bitte –?
Zeitung weg.
Was ist das, was du da hast.
Trommelrevolverchen, Max. Dem Dommptör im Zirkus geklaut.
Doch nicht etwa geladen?!
Für wen hälste n so n Löwen? Der klemmt doch nich schon n Schwanz ein, wenn er so n Ding hier bloß sieht.
Aber doch wenigstens gesichert?
Muß ich dich leider enttäuschen.
Du willst dir einen Spaß mit mir machen.
Wie werd ich. Hast ja *auch* keinen verstanden.
Du willst mich erschrecken.

Und um deine geschätzte Aufmerksamkeit bitten.
Leg ihn erst weg.
Mal n Märchen gelesen. Da hat n König s Zepter auf n Nachttisch gelegt. Plautz, war er n Majestätstitel los.
Was willst du.
Daß du mir *einmal* zuhörst im Leben.
Ich hör.
Bißchen höher, das bleiche Stirnchen. Kuckerchen bitte nich, wie üblich, auf die Zeitung, sondern ganz herzig hier auf diese Mündung gerichtet. So, ja.
Darf ich reden?
Selbstverständlich. Wenn de gefragt wirst. Sag mir n Fremdwort für kurz.
Prägnant.
Das mein ich.
Aber ich sitz unbequem.
Ich hab *nie* anders gesessen. Ich hab auch nie anders gelegen: Dreißig Jahre. Da wirste doch so n Viertelstündchen noch schaffen.
Ich schaff das keine Minute.
Dann mach s gut, Max.
Um Gottes willen! Fang an.
Gern. Les ich doch auf m Supermarkt heut n Plakat, n Zirkus wär da. Äußerung, bitte.
Du bist in einer Zirkusvorstellung gewesen?
Bißchen verbindlicher, dalli.
Hoffe, du hast dich gut amüsiert.
Müßt man lediglich noch überlegen, ob ›amüsiert‹ s richtige Wort dafür is.
Neu formuliern?
Bitte darum.
War s interessant –?
Kann man nich anders sagen. Und weißte, was mich am meisten gereizt hat?
Die Raubtiernummer.
Das weißte nur, weil ich das mit dem Löwen gesagt hab.

Und das mit dem Dompteur.
Hab ich dich was gefragt?
Entschuldige bitte.
Die Raubtiere, richtig. Gab nämlich noch ne Zusatzattraktion da mit denen. ›Die Direktion lädt das p. p. Publikum zu einer Mutprobe ein‹, hat noch auf so m Extraplakatchen gestanden. ›Martamädel‹, denk ich bei mir, ›Marta, vielleicht kriegste da ne Mummspritze, Kind‹.
Eine *was*?
Das hatt ich vergessen: Wenn de was nich kapierst, darfste fragen.
Vielen Dank.
Dank am Schluß dann bitte summarisch. ›Summarisch‹ hier richtig? Nur nicken. Na, siehste; ich lern s noch. ›Mummspritze‹, Liebling, das is was, das brauchste, um nach dreißig Ehejahren nich vor die Hunde zu gehn. Dann schon lieber n Gang zu den Löwen. Kannste mir folgen?
Ich versuch s.
Also erst mal Frisör. Neue Dauerwelle hebt nämlich s Selbstbewußtsein. Vorausgesetzt, hast noch n Rest. Nachzuempfinden? Fein. Dann fertig eingekauft und ab in die erste Nachmittagsvorstellung. Knackend voll natürlich an nem Wochenende wie heute; mußt mich mit nem schäbigen Sechsmarkplatz begnügen. Was is.
Irritiert einen maßlos, dieser Revolver.
Liebling, das *soll* er ja auch. Darfst bloß nich vergessen, immer hübsch in die Mündung zu kucken. Stärkt die Konzentratzjohnsfähigkeit; stimmt s? Den üblichen Zirkusklimbim, den laß ich jetz aus. Gleich nach der Pause, da kam se.
Wer.
Die Raubtiernummer: Tiger, Panther und Löwen. Reichliches Dutzend. 'n Berberlöwe, der war der Kluh. Sprech ich s richtig?
Das ›ou‹ vielleicht nicht *ganz* so gedehnt.
Welches ›ou‹?
Das am Schluß.

Für mich steht da n ›ha‹.
Ganz wie du willst.
Lieb von dir. Nich wegkucken, Schatz; unser Ballermännchen is eitel. Stell dir n männlichen Berberlöwen vor. Haste –? Jetz n Dommptör. Schrank von nem Mann; nackter Oberkörper; Bärtchen und Locken –: das, was man braucht. Siehste n, den Schönling? Und nu mal dir aus, was er macht mit dem Tier: Trommelwirbel, ihm s Maul aufgerissen und rein mit m Kopp. Beunruhigung, bitte.
Nicht zu fassen! Dem Löwen den Kopf in den Rachen gesteckt?
Halbe Minute vielleicht. Hast in der plötzlichen Stille schon richtig den Schädel knacken gehört. Dann raus wieder und Tusch; und mit der tipptoppen Frisur ne Verbeugung gemacht, daß sich die Leute vor Begeistrung fast umgebracht haben. Siehste das, hörste das, Liebling?
Als säß ich dazwischen.
Gradesitzen. Immer fein hier in die Mündung gepeilt; daß das auch weiterhin klar is. So, und nu kommt s: Tusch, und er brüllt, wer aus m Publikum ihm das jetz nachmacht –
Das Maulaufreißen –?
Das Koppreinstecken; das Maulaufreißen wollt er selber besorgen. Jedenfalls: – der bekäm an der Kasse einhundert Emm ausbezahlt. Gemütsregung, Schatz.
Du willst doch nicht etwa behaupten –
Und warum, denkste, erzähl ich dir das?
Das ist ungeheuerlich, Marta.
Vor allem, was die Herrn da anging im Zelt. Denkste, auch nur einer von denen hätt sich gerührt? Sense. Bloß sich an der Nase gezuppt und am Schlips rumgefummelt.
Du wünschst dazu eine Erklärung von mir?
Geschenkt, Liebling. Kinn bitte höher. Kulleraugen und Mündung sind auf eine Linie zu bringen. So is lieb. ›Schön‹, denk ich, ›die Herrn also nich. Martamädel, jetz reiß dich zusammen.‹ Einholnetz geschnappt und durch die Reihen nach vorn. »Ich denk, ich riskier s«, sag ich laut.

Du bist verrückt.
Haben die im Zirkus auch gedacht. Ungeheuer gefeixt natürlich, die Leute. »Wirft ja n ganz schönen Schatten, die Mutter!« schreit einer. Nur n paar ältere Damen haben geklatscht; die hatten s begriffen.
Was.
Das Beispielhafte an der Geschichte, mein Schatz. Schließlich hab ich s auch stellvertretend gemacht. Unten mich dann gleich so n Stallmensch gepackt. Gittertür auf, reingeschubst, peng. Ulkiges Gefühl, mit so m guten Dutzend Raubtiern zusammen im selben Käfig zu sein: Als würd einem n Sandpapierstreifen durch die Po-Kerbe gezogen.
Muß noch was fragen.
Aber laß den Bibber weg in der Stimme.
Und was hätt ich ohne dich anfangen sollen?!
Liebling, du hättst bis ins hohe Alter deine Bierdeckelsammlung ergänzt. Bloß, du vergißt den Dommptör. Umwerfend muskulöse Erscheinung. Na, und dann hat ihm ja auch noch hier unser Kanönchen aus der Gesäßtasche gekuckt, unauffällig, versteht sich. Bißchen kribblig war er allerdings doch. »Is Ihr Ernst, Frau«, fragt er mich; »ja –?« »Reden Se nich«, sag ich zu ihm, »machen Se hin: Reißen Se ihm n Rachen schon auf.«
Grauenhaft. Versteh dich wirklich nicht, Marta.
Deshalb erzähl ich dir s ja. Der Dommptör also Handzeichen rauf zur Kapelle –: Tusch, Trommelwirbel und zack, hat er dem Berberlöwen wieder s Maul aufgerissen. Diesmal war s schwierig, der wollt verständlicherweise nich mehr. Dacht schon, daß dem Menschen die Stirnader platzt, so hat er sich abrackern müssen. »Nu los, Frau!« keucht er; »ab die Post!« »Aber schön offenhalten!« sag ich zu ihm; »ham Se gehört?« Dann Frisur überprüft und rein mit m Kopp.
Glas Wasser! Schnell.
Sitzenbleiben. Haste ganz richtig empfunden: 'ne Hitze da drin in dem Maul, als ob de dich in n Backofen beugst. Und ein Gestank –! Dacht, ich kipp aus n Latschen davon. Nu ja,

wer polkt so m Tier schon die Fraßreste raus aus n Zähnen; hab ich nich recht?
Mir ist schlecht.
Kein Argument. Schön aufhalten, die Blinzeläuglein, haste gehört. Und immer piko, piko in die Mündung gekneistert. Also, an sich hätt ich natürlich noch ne viertel Minute länger gemacht. Aber da hör ich n auf einmal ächzen da draußen: »Kann nich mehr, Frau. Gottes willn, wo bleim Se denn?!« ›Martamädel‹, denk ich, ›das klingt nach Alarm.‹ Nischt also wie wieder raus mit m Kopp. Und kaum hab ich n draußen, da donnert n Applaus los, daß de denkst, die Zirkuskuppel kommt runter. Weiß wie Quark, der Dommptör. Logisch; hat er noch nich erlebt, so n Erfolg. Na, man will schließlich nich unkameradschaftlich sein. Also ihn an die Hand genommen, Kußhände geschmissen und mich nach allen Seiten verbeugt. Dann Einholnetz gegrabscht und ab Richtung Kasse.
Jedenfalls eine sehr eindrucksvolle Geschichte.
Hey, Max. Denk doch, du setzt dich ganz schnell wieder hin. Gottes willen! Nimm den Finger vom Abzug!
So is brav. Immer schön in dieses niedliche Löchlein geschielt, hier im Lauf. Alles klar –?
Absolut.
Also weiter. Steck da eben den Hunderter ein, kommt der Direktor mit m Blumenstrauß an. »Madamm«, sagt er: »enorm. Bloß, Sie ham doch hoffentlich nich vor, unsre Vorstellung noch mal zu beehrn, nee?« »An sich hab ich Blut geleckt«, sag ich. »Schließlich, wann hat ne Person wie ich schon mal so n Beifall im Leben?« »Is sicher richtig«, sagt er. »Nur, Sie stehln unserm Dommptör ja völlig die Schau.« »Nanu«, sag ich; »nem Kraftprotz wie ihm?« »Eben«, sagt der Direktor. »Kucken Se mal: Er hat jahrelang auf so was träniert. Und da kommen *Sie* und machen s noch besser. Is das nich schrecklich?« »Kommt auf n Standpunkt an«, sag ich. »Sie sind ne tapfre Person«, sagt er und küßt mir die Hand: »Was halten Se *davon*: Wir legen noch hundert Emm zu, und Sie lassen sich hier nich mehr sehn.« Kulant, Schatz, findeste nich?

Doch, doch; find ich auch.
»Nu ja – «, sag ich. »Bloß, wieso wolln Se dann, daß sich einer aus m Publikum meldet, der dasselbe macht wie Ihr Dommptör?« »Mein Gott, n Werbe-Geck«, sagt er; »steht ja nu schon beinah zwanzig Jahre auf m Plakat. Nur, s hat eben noch keiner n Mut aufgebracht, s auch wirklich zu tun.« ›Mut‹, sagt so n gestandener Mann. Liebling, sag *auch* was dazu.
Es hat geklingelt.
Wen stört das. Na –?
Mut hättest du für mich erst gehabt, wenn du zu dem Dompteur gegangen wärst und hättest dich für deinen Leichtsinn entschuldigt.
Freu mich, daß ich dir den Wunsch erfüllt hab, Schatz. Saß in seinem Wohnwagen und hat geheult, unser Mann. »Kopp hoch«, sag ich zu ihm. »Wenn ich nich n Leben lang unterdrückt worden wär, hätt ich *nie* so n Unsinn gemacht. Aber ich mußt mir einfach beweisen, ich trau mich noch was.« »'s is also ne Ausnahme gewesen«, fragt er, »Frau, und nich etwa die Regel –?!« »In der Regel«, sag ich, »bin ich n ausrangiertes Stück Mensch, das mal n Besen, mal n Staubsauger schwingt, und erledigt. Außerdem hab ich noch mal hundert Piepen vom Direktor gekriegt, daß sich das nich wiederholt. Sie können also beruhigt sein.«
Klingelt schon wieder.
Bißchen mehr zu *mir* her, das Antlitz, vielleicht. Da, riech mal: Muß vor gar nich so langer Zeit draus geschossen worden sein, aus dem Lauf.
Marta, bist du wahnsinnig?!
Übrigens, weißte, wie ich rangekommen bin, hier an das Ding?
Du sprachst von ›geklaut‹.
Darf das ergänzen. Er hat mich beim Abschied umarmt. Ich war total weg hinterher; wirste dir vorstelln können. Allerdings auch wieder nich *so* weg, daß ich diesen niedlichen Revolver übersehn hätt, der ihm aus der Po-Tasche sah.

Was –: Während der Umarmung–?!
Für n Andenken, das mich an *so* n Tag erinnert, hätt ich *alles* gemacht. Außerdem hab ich ihm ja den Strauß dagelassen.
So; nu sollteste aufmachen gehn.
Hat mich zu sehr erledigt, das alles.
So was gilt ab heute nich mehr. Jetz wirste *immer* sprintern für mich. Hopp, mach; da klingelt s schon wieder.
Aber dann schließ wenigstens den Revolver weg, ja?
Tut mir leid. Grade an *den* wirste dich jetz gewöhnen müssen in Zukunft. Und nu mach endlich ne Fliege, mein Schatz.
Geh ja schon.
Na, wer is es, Liebling?
Aber liebend gerne, mein Herr. Kommen Sie doch rein.
Besuch –?
Der Dompteur, meine Liebe. Er erbittet seinen Revolver zurück.

RÜCKBLICK

Nich doch, Kurt; das is nu schon die dritte Flasche, Mann. – Was sagste? – Na ja, auch wieder wahr. – Tatsache, schmeckt immer besser, das Zeug. – So, Männer. Beschnuppert habt ihr euch nu. Ich faß also zusammen. Euch eint die Macht der Liebe. Auf deutsch: Ihr habt alle mal s selbe Mädel gemocht, nämlich mich. Ich glaub, ich kann davon ausgehn, *den* Schock habt ihr jetz weg. – Also, dann erst mal prost. – Und nu setzt euch um Gottes willen. Macht s euch bequem. Langt zu. Eingießen müßt ihr euch selber; krieg meinen Hintern heut nich mehr hoch. – Grins nich so unehrerbietig, Karl. Schließlich, ob das nu mein vierzigster oder fünfundvierzigster Geburtstag is: letzten Endes doch wurscht. – Ich seh dich rechnen, Eddy. Sollteste auf fuffzig kommen, *auch* kein schlechtes Alter für ne selbständige Frau. – Prost, meine Lieben. Hab ich nich recht? – Nich, is hübsch hier, Ritchie? Freu mich, daß dir s gefällt. Selber gebaut. Außer *dem* Haus hier hab ich dann noch s Büro und das Stadtatelier. Nu ja, man pendelt sich ein. – Nee, Mangel an Aufträgen gibt s nich bei mir. Existiern nämlich ne Menge Leute, die lassen sich lieber von ner Frau n Haus hinstelln als von nem Mann. Ewald, dreimal darfste raten, warum. Na? – Weil ne Frau großzügiger is; ganz allgemein, logischerweise; und daher natürlich erst recht, was Räume betrifft. 'ne Frau könnt nie ne Zelle baun; so was, das schaffen nur Männer. – Weißte, Karl, was bei mir s größte is in nem Haus? 's Kinderzimmer. – Aber ich komm vom Thema ab, Männer. Obwohl – Also, wenn ihr mir s durchgehn laßt, werd ich jetz mal n Momentchen sentimental: Bildet euch bloß nischt drauf ein, aber jeder von euch is für mich mit m ganz bestimmten Lebensabschnitt identisch. – Schön, ihr seht s ja: Ich hab n bißchen Erfolg. Aber *ohne* euch wär mit meinem Leben nischt los. Arbeit is *eine* Sache; Liebe ne andre. – Stimmt s, Bruno? Mensch, seh dich immer noch die Kohlenkästen schleppen, Junge. Und was haben wir hinterher in dem Schuppen gemacht? – Schluck nich, Ewald. Warst n exzellenter Akrobat im Bett. Jeder auf seine Art, sag ich immer. – Okay, ihr könnt mich nu fragen, wieso bündelste n uns erst so unangenehm, um uns so was Delikates zu sagen? Dazu sag ich: Euch eint nämlich *noch* was, Gespielen. Ihr habt mich fast alle mal heiraten wolln. – Nee, Bruno, du nich. Aber dafür hab ich dir auch keinen Korb verpaßt, im Gegensatz zu ner gewissen Anzahl bedenklich blickender *andrer* Herrn hier am Tisch. – Jungs, ich möcht mich bedanken bei euch. Hab nämlich ungeheuren Schiß gehabt, daß ich grad *den* Geburtstag allein feiern müßt. – Na, hätt doch sein können, Ritchie. Korb um Korb, sagt die Bibel. Ich mein, wär doch auch möglich gewesen, ihr hättet mich längst schon vergessen. – Aber nee, ihr seid alle gekommen. Ihr habt mich behalten. Ihr habt mich unsterblich gemacht – so lang, wie ihr lebt jedenfalls. Wirklich: Danke, Jungs. Denn ich sag s offen: Nischt gegen Selbständigkeit. Hab sie mir ja nu glücklich fast n halbes Jahrhundert bewahrt. Aber is n hartes Ei für ne zarte Henne wie mich, könnt ihr mir glauben. – Ewald, du lachst. Aber laß dir sagen, mein Sohn: Geborgenheit is mehr wert als Selbständigkeit. Wobei ich weniger n Ehebett mein als n intaktes Gehirn. Denn ich arbeit gern in meinem Beruf. Bloß, Karl, stimmt s –: Aufgehoben biste nur, wenn s n Gedächtnis gibt, das dich behält. – Logisch, muß einem natürlich gesagt werden, so was. Warum *red* ich denn so auf euch ein. – Nee, nee, Kurt, brauchst gar nich erst wieder deinen beziehungsvollen Bernhardiner-Blick anzuknipsen, mein Junge; hab deinen Plan noch viel zu gut im Kopp. Wär wunderbar gewesen, hätt er geklappt. Mensch, mit *dir* n Architektenbüro! Himmlisch. Hab noch nie n Mann gekannt, mit dem ich lieber zusammengearbeitet hätt; kannste mir glauben. Doch, doch, wink nich ab: Zusammenarbeit am Schreibtisch wiegt mehr als Zusammenarbeit im Bett. Obwohl ja s eine s andre nich ausschließen muß. Oder –? – Bestimmt, Kurt: Wir hätten die Scheidung gekriegt. Jetz kann ich s dir ja sagen: Bin zweimal bei ihr gewesen. Weißte, was sie gesagt hat? »Wenn s ihn glücklich macht, würd ich mich freun.« 'n arger Schlag gewesen für mich. Das sagt ne Frau, die siebzehn Jahr mit ihrm Mann verheiratet is! – Mann, kapierste denn nich: Das hat sie aus Liebe gesagt. Weil sie dir nich im Weg stehn wollt! Willste mir vielleicht mal erklärn, wie ich *dagegen* angehn sollte? – Du siehst reichlich perplex aus, mein Lieber. Also, n *bißchen* solltet ihr euch auf ne Frau aber einstellen können. Daß es mit m Grundsatzverständnis nich klappt, das wissen wir ja. – Was sagste, Kurt? Wär dir egal gewesen, was deine Frau dazu sagt? Hab ich befürchtet. Unter uns gesagt, das war der *zweite* Grund, weshalb ich nich wollte. Aus Liebe loslassen is nämlich was andres, als aus Liebe zupacken, Kurtel. – Tja, Männer, so is das nu mal mit uns. Eben *doch* n Zahn komplizierter, so ne Frauensperson, als ihr s wahrhaben wollt. – Hast recht, Karl: Zum Leviten-Lesen is es zu spät. Na, und wozu n auch? Eh sich n Mann ändert, fließt s Wasser bergauf. – Nich doch; red ja nich von dir, Karl; ich mein, überhaupt. Was *dich* betrifft – Großer Gott –: »'n Kind.« Ja. Ich hör dich noch. Hab eigentlich *nie* aufgehört, dich zu hörn. Obwohl –: war nich sehr laut, deine Stimme. Bist im Grund *nie* laut gewesen. – War Sommer, Karl; erinnerste dich? Wir hatten noch n Baustellendreck in n Klamotten. Bist noch mal aufgestanden und hast die Jalousie runtergelassen. Seh dich nackt am Fenster hantiern. Warst in lauter schattige Streifen zerteilt. Dann kamste zurück. Weißte noch: Der Harfenton in der Sprungfeder, Karl? Und draußen haste die S-Bahn und die Mauersegler gehört. – 'n Kind; ja. Warst ganz versessen drauf. Ausgerechnet von *mir*. Warum eigentlich grade von *mir*?! Du wolltst mir n Bein stelln; sag s doch. 'ne Frau auf m Bau – das war nichts für dich. Runter mit der. Der fehlte doch was. 'n *Kind* fehlte der. – 'tschuldige, Karl; wollt dir nich wehtun. Weiß auch nich, warum ich mich plötzlich so aufreg. Dabei bin ich doch damals ganz ruhig gewesen. Vielleicht ne Altersfrage. – Und weißte noch, wie ich gestaunt hab, als du gesagt hast: »Na, muß doch n Sinn haben, das Leben!« »Hör mal«, hab ich gesagt: »Und daß wir hier liegen?« – Wer hat nu recht, Karl? – Pssst, sei still. Die hier wissen s ja *auch* nich. – Oder wißt ihr s am Ende? – Ganz schön betreten, die Runde. Na, macht euch nischt draus, Männer. Kein Mensch verlangt von euch, daß ihr n Kopp einsetzt, wenn ihr uns liebt. Genügt, daß *wir* ihn uns aus gegebnem Anlaß zerbrechen. – Ewaldchen, du knabberst mal wieder ganz schön wütend auf deinem Pfeifenstiel rum. Kann man verstehn. Schließlich, wer hat s denn schon gern, in *dem* Zusammenhang auch noch an ne Abfuhr erinnert zu werden. Stimmt s, alter Junge? – Und dabei biste doch wirklich n phantastischer Liebhaber gewesen. So was von Ausdauer. So was an Positionen! Unerreicht; gar nischt gegen zu sagen. Bloß –: warum *haste* dir denn so ne Mühe gegeben? Willste s hörn –? –: Weil du dauernd so ne Stinkwut auf mich hattest. Jedesmal wollteste mir mit deiner Bodenakrobatik beweisen, daß ich dich aber nu auch unbedingt heiraten müßt. Als ob Gelenkigkeit n Kriterium wär für Ehevertrauen. – Logisch: Wut setzt ne Menge Temperament frei bei nem cholerischen Menschen wie dir. Aber nu nimm mal an, ich hätt akzeptiert. Stell dir mal vor, wir wärn n Paar geworden, Ewald. Nich auszudenken. Denn was wär passiert? Die Folge wär gewesen, du hättst mir nichts mehr zu beweisen brauchen im Bett. Denn du hättst ja nu keine Wut mehr nötig gehabt. Also hättste auch kein Temperament mehr entwickelt. Also wärste auch kein aufregender Liebhaber mehr gewesen für mich. Na, und was wär da übriggeblieben? – 'n technischer Zeichner mit Sommersprossen in n Kniekehlen und nem Bausparvertrag. – Mir zu wenig, Ewald; nimm s mir nich krumm. Dazu hatt ich dich einfach zu gern. – Siehste. Und deshalb hab ich dich eben lieber noch n Weilchen *weiter* rumtoben lassen im Bett. Hat, hat, wie ja schon Eva richtig bemerkt. – Kinder, ihr kuckt alle so verhagelt aus der Wäsche auf einmal. 'ne gestandene Frau wird sich an ihrm

Geburtstag doch wohl noch'mal n paar Schwerpunkte ankreuzen dürfen, oder –? Hättet ihr s lieber, ich hätt euch vergessen? – Tja, das wollt ihr nu *auch* wieder nich. Frage is eben jetz wirklich, ob das die Erinnrung oder ob das die Eitelkeit is. Beides vermutlich. Gott, gibt schlechtere Mischungen. –Ritchie, hab ich nich recht? Stoff zum Beispiel und Suff. Sag mal, du blasse Geige, wie geht s n dir eigentlich jetz? Immer noch mit m Cello auf Tour jeden Tag? Mensch, erinnerste dich, wie wir uns kennengelernt haben? – Ja, n hübsch wohnliches Krematorium gewesen, das ich da aus m Boden gestampft hab. War ne Wettbewerbsarbeit gewesen; die erste. Und du immer feste Brahms dazwischengegeigt bei der Einweihungsfeier. *Den* Job hättste behalten solln, alter Stimmgabelvergolder. Aber nee, du mußtest ja alle paar Nasen lang n Trip machen gehn. Weißte, was der Arzt mir gesagt hat? –: Ich blieb auf der Strecke, wenn ich versuchen würd, mich um dich zu kümmern. Den haben wir aber reingelegt, was? Zwoeinhalb Jahre, und ich hatt dich wieder in Schuß. – Wie is n das : Spielste eigentlich jetz lieber auf Begräbnissen oder auf Hochzeiten, Ritchie? Auf Begräbnissen, wie ich dich kenn. Auf Hochzeiten warste den Leuten immer zu traurig. Die wissen eben nich, daß man vor so ner Heirat ja *auch* ne ganze Menge beerdigt. – Komm, Junge; kuck nich so schwiemlig. Was sollt ich n machen? Du warst der schwierigste und wunderbarste Mann, den ich gekannt hab, Ritchie. Solang s dir dreckig ging, mein ich. *Hast* du getobt, wenn du getrunken hattst, und der Stoff war alle! *Da* hätt ich Mumm haben müssen. Aber ich dacht, erst bring ich dich mal lieber über die Runden. Mensch, und kaum warn wir so weit, da kommst du Idiot mit m Heiratsantrag aus m Mustopp gekrochen. Hättste mich denn nich *früher* anhaun können, als de noch gekokst hattest, Mann?! Und wo das nich wie ne Belohnung ausgesehn hätt? – Ihr habt keinen Instinkt, Männer. Ihr seid nett, man kommt nich ohne euch aus. Aber ihr wißt nich, was Takt is. Ihr denkt, n Mann sein genügt. Irrtum; bißchen Mensch darf da getrost auch noch mit bei sein. –

Eddy, wisch den Schatten aus dei'm Sonnenblumengesicht: Wer redt denn von dir? Ich hab ›Männer‹ gesagt. Also hab ich auch Männer *gemeint* und nich so n Kindskopp wie dich. – Doch, ich hab recht: Du hättst nich auf mich hörn dürfen, Junge. Aber diese Scheiß-Uniform und dein Baby-Taint, das hat nu mal nich zusammengepaßt. Da kann man nich von mir verlangen, daß ich so was verschweig. – *Was* willste ziehn? Konsequenzen? Wenn ich das schon hör. Wieso muß ich Konsequenzen ziehn, wenn ich lieb? *Kompromisse* muß man machen: darauf kommt s an. Der Urlaub, der hätt uns doch *dicke* gereicht. Aber nee, du wolltst einfach nich mehr zurück an die Front. Schön; das is wahr: Dafür haben wir uns jeden Kriegstag geliebt, und damit bestimmt so viel für n Frieden getan, wie die mit ihrn Bombenteppichen dann. Weißte noch, Eddy: Das Kanapee in der zerbombten Wohnküche da? Das Ding stand buchstäblich auf m letzten Fußbodenrest. Bißchen arg hoch eben nur, die drei Stockwerke, ja. In Kriegszeiten soll man ne Parterre-Wohnung nehmen. Jedenfalls immer ganz schön Herzklopfen gehabt, wenn wir über das schmale Brett zu unserm Schwalbennest balanciert sind. Für jedesmal Lieben s Leben riskiert: Soll uns erst mal einer nachmachen, stimmt s? Die beiden Feldgendarmen warn ja *auch* ganz verblüfft; zuerst jedenfalls. Trotzdem, hätten die nich gedroht, daß sie raufschießen würden, die hätten uns *nie* von da runtergekriegt. – Lächel nich, Eddy. So haste auch gelächelt, als sie dich abgeführt haben. Großer Gott, Junge, wenn ich dich doch damals geheiratet hätt! Dann hättste bei meinem Vater in s Geschäft reingekonnt und wärst unabkömmlich gewesen. Dann – dann würdste nämlich heute noch leben. – Trinkt mit mir auf die Erinnrung, Männer! Mit ihr fängt die *wahre* Unsterblichkeit an. Verlorn sind wir erst, wenn keiner mehr n Gedanken an uns verschwendet. – Und mit dem Kohlenplatz, Bruno, da is es genauso. Und wenn s höchste Hochhaus drauf steht jetz –: Ich seh ihn. Also gibt s ihn auch noch. Und zwar genauso wie damals, als ich mit vierzehn den Eimer voll Eierbriketts da geholt hab.

Übrigens, ganz schön gemein gewesen, was de hinterher im Schuppen mit mir gemacht hast. Schließlich hab ich doch noch von nichts ne Ahnung gehabt. Allerdings hab ich auch nie wieder so n ungeheuer blauen Himmel gesehn, wie den über deine rußigen Schultern weg, Junge. 's Dach war nämlich eingefalln, wenn de dich noch erinnerst. 's Unvergeßlichste aber is der Geruch. Du hast *so* kühl und bitter nach Preßkohlen gerochen, als wärste selbst n Brikett. – Irgendwie bin ich n nie wieder richtig losgeworden, diesen Geruch. Jedesmal, wenn ich n Mann gehabt hab, is er wiedergekommen: Meine Liebe hat Ruß angesetzt – so is es bis heute geblieben. Logisch, Bruno: Weil du mich gelehrt hast, wie man sie macht. Bild dir was drauf ein oder nich: Alle Männer im Leben verdank ich im Grunde nur dir. Deshalb sind wir auch quitt jetz. – Da bummst ne Tür, Leute; kann sein, wir werden gestört. – Denn s war n ziemlicher Schock für mich, Bruno, als ich erfahrn hab, du hast s mit allen andern Mädels im Viertel genauso gemacht. Ja: wirklich nur n Zufall gewesen, daß sie mich noch erwischt haben, als ich von der Brücke gehopst bin. – Tatsache, da kommt einer. – Nee, nee, braucht dich nich zu kratzen, Bruno, der Sprung: Liebe *is* nu mal lebensgefährlich; da kannste nischt machen.
Was quatschste da wieder für n Kohl?!
Nichts, Bruno. Nur so.
Sag ma, seh wohl nich recht –: Da stehn *vier* leere Pulln?!
Die – die hab ich für n Altwarenhändler rausgestellt, Bruno.
Ach. Besoffen haste dich ma wieder! Und s ganze Frühstücksgeschirr noch auf m Tisch! Mensch, dir müßt man –
Bruno, nich doch! Ich hatt n Schwächeanfall! Ich –
Da rackert man auf m Kohlenplatz rum, damit die hier die Wohnung verkommn läßt! Denkst wohl, weil de ma n paar Häuser hingeklotzt hast! Aber nich bei Bruno, Madamm! Bruno is n Arbeiterjunge! Da wird der Staubsauger geschwungn! Da wird s Geschirr weggespült! Da wird was geleistet am Tach! Haste kapiert?!
Ja, Bruno. Ich denk, ich hab s jetz kapiert.

MUTTERNS HÄNDE

Also, wir freuen uns ja so sehr, daß wir wieder vermietet haben; nicht wahr, Hans Georg?
Ja, Mama.
Sie sind sehr liebenswürdig.
Ich meine, nicht, daß wir es nötig hätten. Aber einmal wollen wir uns ein wenig mit Jugend und Frische umgeben. Und dann empfänden wir es auch einfach als unsozial, diesen idyllischen Familiensitz bei der heutigen Wohnungsmisere nur zu zweit zu bewohnen.
Zumal der Preis meines Zimmers genau Ihre Heizkosten deckt.
Oh. Sie haben Erkundigungen eingezogen, mein Kind?
Ich sagte Ihnen, daß ich über die Infrastruktur der hiesigen Landgemeinden arbeiten werde. Da fallen gewisse Informationen praktisch von selbst an.
Eine wirklich gebildete junge Dame. Und so offen und unkompliziert; nicht wahr, Hans Georg?
Ja, Mama.
Und beunruhigend hübsch. Ihr Typ ist sonst dümmlich. Wie kommen Sie zu dieser Intelligenz?
Ich habe von Haus aus ein bißchen Pfiffigkeit mitgekriegt; damit habe ich gewuchert. Der Rest ist dazustudiert.
Hans Georg mußte sich ein Studium versagen. Unsere Champignon-Kulturen vertrügen seine Abwesenheit nicht.
Sie gewiß auch nicht, Baronin.
Wie prägnant Sie beobachten. Gieße unserer neuen Mieterin noch etwas Tee ein, mein Prinz. Christa, nicht wahr, Sie halten zu Hans Georg ein wenig Distanz.
Aber Mama.
Unbesorgt. Ich habe wirklich nicht vor, Ihnen Ihren Sohn auszuspannen.

Ich meine, nicht, daß er gegen schöne Mädchen was hätte; ganz im Gegenteil. Hans Georg, habe ich recht?
Ja, Mama.
Aber der Junge hat leider ein unüberwindliches Handikap. Er ist scheu; und das im umfassendsten Sinne.
Du solltest vielleicht hinzufügen, Mama: Ich bin es besonders vor Damen.
Eben, Herzchen; davon reden wir ja. Sehen Sie, und da Hans Georg seine ganze Konzentration auf unsere Champignon-Kulturen verwendet –
Verwenden *muß*, Mama.
Sprachlich bist du unschlagbar. Deshalb möchte ich nun natürlich nicht gern das Risiko eingehen, daß seine gewiß auch von Ihnen als angenehm empfundene Ausgewogenheit da unüberlegte Einbuße erleidet. Christakind, verstehen Sie mich?
Vor allem verstehe ich jetzt, warum meinen Vorgängerinnen so vergleichsweise schnell wieder gekündigt wurde. Betont Untersagtes übt leicht *doppelten* Reiz aus; und Ihr Sohn ist eine interessante Erscheinung.
Sehn Sie doch nur, wie lieb er errötet. In der Tat, mein Kind, so ähnlich ist es gewesen. Ich sagte es ja: Hans Georg schätzt junge Mädchen durchaus. Er sieht die Frau als solche in ihnen; einen Typ wie mich, beispielsweise.
Mutterliebe ist Tierliebe. Ich suche den Eros.
Ja, ja, such nur, mein Liebling.
Aber Eros, Hans Georg, ist Geist.
Ich sehe das ›Aber‹ nicht.
Ich sehe es, was junge Mädchen betrifft.
Christakind, Sie sagen, was ich empfinde. Unsere vier Vormieterinnen waren niedlich, quick und lebendig.
Vor allem lebendig.
Du wiederholst mich, Hans Georg. Aber was ihnen abging: die Aura. Sie waren so entsetzlich direkt; seelisch völlig unterentwickelt. Für Hans Georgs Sensibilität überhaupt kein Empfinden. Im Gegenteil.

Darf ich neugierig sein?
Eine ihm heimtückisch einen Heiratsantrag gemacht. Die zweite, Tochter eines Delikateßwarenhändlers, sich, schamlos flirtend, ins Geschäft zu drängen versucht. Die dritte durch gesteigertes Fortlassen gewissen Wäsche-Beiwerks Hans Georg schließlich jede Konzentration unmöglich gemacht. Und die vierte endlich –
Es war entsetzlich. Sie legte sich zu mir ins Bett.
Das ist arg; ja.
Hans Georg war total verstört. Es hat Wochen gedauert, ehe er diesen Schock überwand. Nun, zum Glück hat er mich.
Ja, Mama.
Aber warum haben Sie nicht gleich nach Ihrer ersten Enttäuschung einfach an einen verläßlichen Pensionär vermietet, statt ständig wieder an Mädchen?
Christakind, ich sagte es Ihnen: Weil wir die Jugend, das Neue und Beschwingte so lieben. Sie sehen es ja: Wir geben die Hoffnung nicht auf.
Sie sind wirklich sehr nett. Hans Georg, Sie sehen mich so abschätzend an. Man hätte einen solchen Kennerblick gar nicht von Ihnen vermutet.
Sein Erfahrungsfundus, Christa, hat sich, nach diesen Affronts, völlig ohne sein Zutun gebildet.
Ich dachte eben nur gerade: Es muß doch auch einmal ein Mädchen dabei sein, das mich versteht.
Dummchen. Wer versteht dich schon besser als ich. *Das* ist doch nicht das Problem. Nein, du willst dich ganz einfach auf deine unschuldige Weise erfreuen.
Ach, bitte, Baronin –: Woran?
An einer Nackenlinie. An einem Gang, einer Geste. Schlicht: an unaufdringlicher Anmut. Sie spüren doch sicher, Hans Georg ist ein Ästhet.
Ich meine aber auch die *innere* Schönheit, die Schönheit eines Gedankens.
Maul nicht, mein Schatz. Selbstverständlich, *die* meinst du auch.

Nur, wo bleibt *da* die Distanz?
Sie bleibt in jedem Falle *gewahrt.* Nicht wahr, Kindchen, *Sie* wissen die Lieblichkeit Ihres Zimmers, die idyllische Einsamkeit unseres Landsitzes und unseren schönen verwilderten Park doch sicher zu schätzen?
Ungemein. Übrigens auch diesen wunderbaren, alten einladenden Friedhof dahinter.
Entschuldigt mich, Kinder; ich habe meine Tabletten vergessen. Unterhalte Christa so lange ein wenig, Hans Georg. Und vergiß nicht, ihr auch noch Tee einzuschenken.
Ja, Mama.
Hat sie was?
›Einladend‹ und ›Friedhof‹ –: Kann sein, das liegt ihr zu dicht beieinander.
Wogegen im Grunde doch gar nichts zu sagen ist – wenn man es rein spaziergängerisch sieht.
Sie haben völlig recht. Ich bin selber gern drüben.
Ja? Lieben Sie ihn auch so wie ich?
So ein Friedhof hat für einen vergrabenen Maulwurf wie mich seinen ganz besonderen Reiz.
Wirklich; man kann aufatmen da.
Mutter bevorzugt den Park. Aber wenn man den ganzen Tag in den lichtarmen Kellern Champignons sticht und Torf und Erde aufschüttet, ist es erholsam, Erde auch in ihrem Urzustand, nämlich ruhend, auf sich wirken zu lassen.
Sie schätzen Gräber?
Je mehr, desto lieber. Es ist die seltene Kombination von Menschenansammlung und Stille, die mich zwischen Grabsteinen beglückt.
Da Sie es normalerweise nur mit *einem* Menschen zu tun haben, der noch dazu alles andere als still ist, durchaus zu verstehen.
Es ist sehr angenehm, mit Ihnen zu plaudern.
Wirklich betrüblich, daß Ihnen das nicht auch mit einer meiner Vorgängerinnen geglückt ist.
Lassen wir das.

Es muß Sie sehr aufgewühlt haben.
Ich selber hätte mich vielleicht noch beherrscht. Aber Mutter kann grausam sein, wenn man sie so hintergeht: Jedesmal mich mit jedem der Mädchen auch noch bei einem Tee konfrontiert hinterher.
Da sind Sie durchgedreht.
So kann man es nennen. Glauben Sie mir, Christa, es ist bestimmt nicht angenehm für einen so gelassenen Menschen wie mich, viermal derart kurz hintereinander *so* außer sich zu geraten, daß man nicht nur seine gute Erziehung, sondern auch noch sich selber vergißt.
Also, daß *Sie* kein Frauenhasser geworden sind, grenzt an ein Wunder.
Vermutlich hat einzig die sofortige Kündigung mich jeweils davor bewahrt. Das ging dann immer jedesmal Hals über Kopf.
Ein Eindruck, der sich noch erheblich verstärkt, wenn man, wie ich bei meinen statistischen Erhebungen kürzlich, durch einen Zufall erfährt, daß von jeder der vier jungen Damen die polizeiliche Abmeldung fehlt.
Mutter hatte jeder angedroht, sie als Mitgiftjägerin bloßzustellen; da macht man, daß man wegkommt, vermutlich.
Die Frage ist eben dann nur, wo man *hinkommt*. Wird eigentlich noch beerdigt, da drüben?
Nein. Der Friedhof ist geschlossen. Die Toten des Dorfs liegen um die Kirche herum; da hat man es näher zu ihnen.
Und wen haben *Sie* auf diesem schönen Friedhof hier liegen –?
So, Kinderchen; da bin ich wieder. All meine Morbidezza ist weg; so ein Kreislaufmittel wirkt Wunder.
Ich hoffe jetzt nur, ich habe Sie vorhin nicht verstimmt.
Aber mein liebes empfindsames Kind! Wo denken Sie hin. Bitte noch ein Täßchen, Hans Georg.
Gerne, Mama.
Ganz rote Wänglein hast du bekommen, mein Prinz. Ihre Anwesenheit, Christa, beginnt Früchte zu tragen. Nur, um es

auch in *diesem* Zusammenhang noch einmal zu sagen: Sehen Sie bitte ab von einer Ernte, mein Kind.
Du hast so einen metallischen Klang in der Stimme, Mama.
Ist er nicht von einer rührenden Aufmerksamkeit? Ich habe mir ein Schnäpschen genehmigt, mein Gold.
Die Nerven, Baronin –?
Sie sind ausnehmend lieb. Danke, meine Saiten sind bestens gestimmt.
Mama spielt nämlich Harfe, müssen Sie wissen.
Man sieht es. Es rauht die Fingerkuppen auf und stärkt die Oberarmmuskulatur.
Und vor allem, Christa: Es schärft das Ohr auch für klangliche Nebeneffekte. So, nun aber hopphopp, Hans Georg, und ab in den Keller!
Geh ja schon. Christa, die Champignons warten. Das war ein schönes Gespräch.
Ja, das sieht man ihm an. Richtig aufgekratzt ist er, der Junge.
Ihr Sohn ist wirklich ein kluger und charmanter Unterhalter, – wenn Sie nicht da sind.
Die Klugheit hat er von mir. Wo er den Charme her hat, das wissen die Götter. Der Tee ist lauwarm; trotzdem vielleicht nach ein Täßchen?
Ja, gern. Geben Sie acht, Ihre Tasche sperrt; daß der Revolver nicht rausfällt.
Wie unachtsam von mir. Und auch noch nicht mal gesichert! Sie erlauben doch, daß ich ihn hier neben mich lege?
Aber bitte, Baronin.
Sie sind sehr einfühlsam. Einen Sinn für aktiven Selbstschutz haben die wenigsten Leute.
Bei mir stoßen Sie da auf vollstes Verständnis. Zumal wir ja über vier betrübliche Beispiele verfügen, wo er ganz offensichtlich gefehlt hat.
Wenn Sie mir nur eben vielleicht noch erlaubten, meiner Genugtuung darüber Ausdruck zu geben, daß man sich in der modernen Kriminalistik auch auf Umgangsformen versteht.

Ich bitte Sie. Das sollte doch wohl das Mindeste sein.
Das Mindeste, Liebe, wäre dann eher, diesen ein wenig arg hanebüchenen Verdacht zu entkräften, den Sie da eben angetippt haben.
Ich darf Sie einladen, es zu versuchen.
Sie vermissen vier Damen. Wir haben den vieren gekündigt: *Dieser* Berührungspunkt läßt sich nicht leugnen.
Bis auf einen rein zufällig angefallenen noch. Stellen Sie sich vor: Auf jenem gemütvollen Friedhof dort drüben, bei dessen erster Erwähnung Sie so ungehalten waren, sich Ihren Revolver zu holen, habe ich vier leidlich neue, wenn auch sorgfältig wieder planierte Gräber entdeckt.
Liebes Kind. Es dürfte doch wohl eine Kleinigkeit sein feststellen zu lassen, wer dort beigesetzt wurde.
Sie wissen sehr gut, der Friedhof ist außer Betrieb. Wenn ich auch zugeben muß, daß der Schlüssel, der im linken oberen Fach Ihres Sekretärs liegt, haargenau für das Friedhofstor paßt.
Sie garstiges Mädchen! So mißbrauchen Sie unser Vertrauen!
Ich bin selber ganz bekümmert darüber. Denn es wird nun der wenig erfreuliche Nachweis geführt werden müssen, daß Sie Ihren Sohn angestiftet haben, jene vier Ihnen zu aufdringlich gewesenen jungen Damen beiseite zu schaffen.
Kindchen, das ist doch absurd. Der zarte sensible Hans Georg, der sich zu Bett legen muß, wenn er im Keller eine Schnecke zertritt!
Immerhin scheint er mit dem hinterlassenen Eigentum der Vermißten jetzt einer recht eigentümlichen Art von Fetischismus zu frönen.
Und wenn Sie mir jetzt vielleicht doch ein wenig *mehr* von Ihrer verqueren Anschuldigung zukommen ließen?
Das Beste wäre, Sie kämen nachher kurz mal mit runter.
Bedaure, mein Liebes. Ich lebe seit einem guten Jahrzehnt nur in diesen fünf, wenn auch recht gemütlichen Räumen hier oben. Treppensteigen ist mir leider völlig unmöglich.
Dann werden wir einen der netten Polizisten, die seit heute

früh Ihren wirklich bezaubernd gelegenen Landsitz umstellt haben, einfach bitten, Sie runterzutragen.
Ich liebe starke Männer. Und was wollen Sie mir armer alter Frau dort unten dann zeigen?
Daß von den verwahrlosten Souterrainzimmern, die wohl früher der Dienerschaft zugedacht waren, vier fast so anmuten, als würde in ihnen gewohnt.
Natürlich. Wir haben die Räume ja immer eingerichtet gelassen.
Nur, daß Hans Georg in jedem der vier jetzt lustvoll die entsprechenden Kleider und Wäschestücke der Vermißten verstreut. Und das Badezimmer dort unten hat er rührenderweise sogar mit vier Zahnbürsten und etlichen Cremetöpfen ausstaffiert.
Der arme Junge. Da sehen Sie, wie bitter er weiblichen Umgang benötigt. Aber *Sie* müssen uns das ja vermiesen.
Ein wenig wäre allerdings auch schon damit gewonnen gewesen, wenn Sie Ihre verständliche Eifersucht vielleicht ein bißchen gemäßigt hätten, Baronin.
Aber Kind, was sollte ich machen? Die bösen Mädels wollten ja einfach von Hans Georg nicht lassen!
Darf ich diesem Stoßseufzer entnehmen, es ist Ihnen daran gelegen, *selber* etwas mehr in Betracht zu kommen, was das betrübliche Verschwinden der jungen Damen betrifft?
Das wirklich Angenehme bei Ihnen ist, Sie verstehen sofort, was man meint. Schauen Sie, Hans Georg war immer ein so rührend folgsames Kind. Da lag die Gefahr nahe, daß er auch *hier*, mir zuliebe, eingreifen würde. Das wollte ich nicht.
Das heißt also: *Sie* haben die vier Mädchen ermordet.
Sagen wir, ich habe entscheidend nachgeholfen, liebes Kind. Ihrem wirklich erfreulichen Scharfsinn ist meine ungewöhnlich ausgebildete Armmuskulatur dann ja auch keineswegs entgangen.
Nur, ›nachgeholfen‹ setzt eben doch voraus, da ist vorgearbeitet worden. Ob Sie wohl die Güte hätten, mir anzudeuten, worin diese Vorarbeit bestand?

Aber gern. In einem von Hans Georg gewonnenen Pilzgift, das das Nervensystem außer Betrieb setzt. Es ist zwar nie sehr angenehm für mein Prinzchen gewesen, nachdem die Kündigung nun einmal ausgesprochen und auch das Hausverbot gehörig sanktioniert worden war, mit mir und der jeweiligen Verbotsübertreterin noch einen Tee zu nehmen, bei dem natürlich noch die unglaublichsten Details zur Sprache kamen; aber was sollte man machen. Ich bin schließlich nicht mehr die jüngste und kann mich, wie gesagt, als geübte Harfenistin lediglich noch auf meine Hände und Arme verlassen.

Erwürgt, mit anderen Worten.

Darf ich umformulieren?–: Den Atem zum Stillstand gebracht.

Nachdem der vergiftete Tee die Opfer wehrlos gemacht hatte.

Genauso ist es, mein Kind. Sie werden mich jetzt sicher gleich fragen, warum ich Ihnen das alles so offen bekenne.

Das ist das Einzige, was Sie mir *nicht* zu erklären brauchen, Baronin. Natürlich, um Ihren Sohn zu entlasten.

Dann haben Sie nicht ganz richtig verstanden. Hans Georg hat sich lediglich, übrigens auf die rührendste Weise, um die Beisetzung der Delinquentinnen verdient gemacht. Denn auch den Tee hatte *ich* präpariert. Übrigens hoffe ich doch sehr, Sie verargen es uns nicht, daß *wir* den Tee aus einem anderen Kännchen getrunken haben als Sie.

Dann darf ich *darin* den Grund für Ihre Offenheit sehen?

Ja, Inspektorin. Denn auch *wir* haben natürlich ein wenig geforscht. Sie sollten Ihren Dienstausweis vielleicht, statt ihn in den Kulturbeutel zu stecken, lieber in der Rocktasche tragen.

Das war dumm von mir; da haben Sie recht. Was werden Sie mit mir machen, wenn das Pilzgift mich außer Gefecht gesetzt hat?

Aber das ist doch gar keine Frage, mein liebes Kind. Da Sie Ihren Gräberfund offenbar schon telefonisch ausposaunt haben, sind wir jetzt natürlich um eine handliche Geisel bemüht. Hans Georg ist gerade dabei, Ihrer Dienststelle, dem

Dezernat römisch Vier, ebenfalls telefonisch, unsere Bedingungen durchzudiktieren.
Sie wollen wirklich Ihre weithin geschätzten Champignon-Kulturen im Stich lassen, Baronin?
Logisch, daß wir den Kummer darüber in unsere Forderungen mit eingebracht haben. Bitte machen Sie sich doch darüber keine Sorgen, mein Liebes.
Und wie lange bin ich, nach Ihren bisherigen Erfahrungswerten, im Kopf jetzt noch klar?
Ich hatte Hans Georg gebeten, diesmal eine etwas stärkere Dosis zu nehmen. Ich schätze, in etwa fünf Minuten werden die Nervenschmerzen beginnen. Der Brechreiz wird erfahrungsgemäß unmittelbar darauf einsetzen. Der stärkeren Dosis entsprechend, diesmal vermutlich mit Erstickungsanfällen gekoppelt, was Sie jedoch nicht weiter zu beunruhigen braucht.
Sie sind sicher, ich komme über die Runden?
Hans Georg hat es mir garantiert. Sie wissen, wie vertrauenswürdig er ist.
Gewiß. Ich brauche ja nur an sein Geständnis zu denken.
Sie sollten die knappe Zeit jetzt nicht damit vergeuden, mich unsicher machen zu wollen. Die Nabelschnur zwischen Hans Georg und mir zerreißt niemand, Christa; Sie eingeschlossen.
Dennoch hat es Sie stark irritiert, wie aufgekratzt er war, nach der Unterhaltung mit mir.
Ich merkte, daß Hans Georg Sie mochte; und zwar ein klein wenig mehr, als ich vorhatte, es ihm zu gestatten.
Und genau dieses kleine wenig Mehr ist mit dem Eingeständnis scincs Jähzorns identisch. Eines Jähzorns, bei dem er sich völlig vergißt.
Kindchen, da sagen Sie mir aber nun wirklich nichts Neues.
Auch dann nicht, wenn ich Sie daran erinnre, was Sie selber mir sagten, nämlich daß Hans Georg in jeder Frau seine Mutter erblickt?
So angenehm es mir sonst ist, Ihren Gedankengängen zu folgen, hier sehe ich den Zusammenhang nicht.

Sie erlauben, daß ich mich kurz fasse?
Leider muß ich, in Anbetracht der gleich zu erwartenden Giftwirkung, sogar darauf dringen.
Ich danke Ihnen und darf auf den Eros-Tick Ihres Sohnes verweisen, der natürlich nichts als eine traurige Ausrede ist; Hans Georg kompensiert mit ihm seinen Mutterkomplex, denn der hat ihn – verzeihen Sie, wenn ich sage: logischerweise – sexuell leider völlig verkrüppelt.
Ein hübscheres Wort dafür haben Sie *nicht* –?
›Blockiert‹. So besser?
Wesentlich. Sie sind sehr lieb.
Dennoch kamen die vier jungen Damen auf der Basis dieses Mutterkomplexes nun verständlicherweise sehr viel näher an Hans Georg heran, als ihm gut tun konnte. Denn, wie Sie sehr richtig sagen, er hat ja zunächst ›die Frau als solche‹ in jedem der Mädchen gesehen, und das waren stets Sie, seine respektgebietende Mutter.
Sie interpretieren wirklich sehr einfühlsam.
Kaum jedoch ließen die jungen Damen, ob mehr oder weniger eindeutig, erkennen, ihnen war nach Flirt, nach Sex, nach Verführung, ja Heirat zumut, da kippte Ihr Selbstporträt in Hans Georg ins Gegenteil um. Nämlich, wer hatte ihn denn zu dem unerfahrenen Feigling und verklemmten Versager *gemacht,* als der er nun dastand? –: Sie, seine Unterwerfung fordernde Mutter.
Ja, war ich *so* hart –?
Er hat sich gerächt, Baronin; so leid es mir tut.
Ich finde schon wieder den Anschluß nicht, Kind.
Aber wir sind uns über seinen Jähzorn doch einig gewesen, nicht wahr?
Hundertprozentig.
Nun nehmen Sie noch seinen verwundeten Stolz und seine Verzweiflung darüber, nicht lieben zu können, hinzu, und alles Weitere ist klar.
Merkwürdigerweise nur *mir* nicht, mein Liebes.
Wenn Sie doch fühlten, wie aufrichtig ich Ihnen das nach-

empfinde. Denn jede der vier Damen, die Hans Georg auf dem Tiefpunkt seiner Erniedrigung umgebracht hat, ist *Ihre* Stellvertreterin gewesen. Er hat *Sie* getötet in diesen Mädchen, Baronin.

Wie können Sie es wagen, eine solche Ungeheuerlichkeit zu behaupten!

Wir wollen korrekt sein. Was Sie Behauptung nennen, nenne ich Motivation. Und eine Motivation ist schon der halbe Beweis.

Den man jetzt allerdings vielleicht insofern noch etwas korrigieren müßte, als sämtliche vier jungen Damen noch leben.

Junge, bist du verrückt?!

Im Gegenteil, Mama. Was Sie übrigens auch daran erkennen können, Christa: Ihr Tee *ist* nicht vergiftet.

Womit habe ich das nur verdient, Hans Georg.

Ich fürchte, es hat mit meiner Unentschlossenheit zu tun.

Ein Leben lang hab ich versucht, sie dir abzugewöhnen. Und der Erfolg –? –: Du tust einfach nicht, was ich dir sage!

Verzeih, Mama. Aber die Idee, diese Landkommune aufzuziehen, ist wirklich nur reiner Notwehr entwachsen.

Um Gottes willen. Du lebst mit diesen – Damen *zusammen*?!

Hans Georg, ich bewundere Sie.

Ich hoffe, Sie bewahren es mir.

Hör gefälligst auf, mit dieser unverschämten Person hier zu flirten! Los, ich verlange eine Erklärung von dir.

Gerne, Mama. Evelin – du erinnerst dich: unsere erste – hatte sich damals schneller erholt, als gedacht. Nachdem ich sie mit der Pilzvergiftung in den Keller geschafft hatte, glaubte ich, sie erst mal ein Stündchen liegenlassen zu können, ehe ich sie, auf deinen ausdrücklichen Wunsch hin – Nun ja.

Was haben Sie danach gemacht.

Ich habe mein Arbeitszimmer im Keller. Ich legte mich hin.

Begreiflich, wenn man Ihren Auftrag bedenkt.

Als ich aufwachte, war ich gefesselt. Evelins Alternative lautete: Anzeige wegen versuchten Mords oder Eheversprechen.

Allmächtiger Gott!

In *diesem* Punkt kann ich dich beruhigen, Mama. Da du bereits wieder eine neue Annonce wegen des freigewordenen Zimmers aufgegeben hattest, mußten wir uns auf eine Kompromißformel einigen, nämlich: auch die nächste Mieterin mit einzubeziehen, falls etwas schieflaufen sollte. Nun, und es *lief* wieder schief; und ja nicht nur bei *ihr*.
Offengestanden, wenn ich Sie so sehe und reden höre, Hans Georg, ich kann es allmählich verstehen.
Sie sind Polizistin. Ihre Gefühle interessieren hier niemand.
Sag das nicht, Mama. Christa, wenn Sie mal aussteigen wollen: In unserer Landkommune ist unbegrenzt Platz.
Ich werde dran denken. Nur, *noch* bin ich im Dienst. Und da muß ich leider darauf bestehen, die vermißten Damen auch in corpore vor mir zu sehen.
Wir sind darauf vorbereitet. Bitte, Mädels: Kommt rein.
Hallo, Muttchen. Staunste, was?
Doch n bißchen arg peinlich. Sag mal, Schorschi, *muß* denn das sein?
Macht hin, Leute. Ich hab für die Mannschaft n Topp auf m Herd.
Hey, da is ja noch eine! Schnafte Person. Schorschi, warum haste uns die denn verschwiegen?
Das ist die Kripo-Inspektorin Viebig, Mädels, vom Dezernat römisch Vier. Sie möchte lediglich sehn, wie es euch geht. Und das, Christa, sind meine Freundinnen Evelin, Carla, Ingeborg, Ellen.
Das überleb ich nicht.
Aber Mama –!
Ich nehme erleichtert zur Kenntnis, meine Damen, Sie fühlen sich wohl.
›Wohl‹ is gar kein Ausdruck.
Hier kann man endlich so sein, wie man is.
Und Schorschi is n ungeheuer redlicher Typ.
Ach, und so himmlisch unverbraucht und vital!
Tja. Das wär s dann. Keine weiteren Fragen.
Danke, Mädels; bis gleich. Hebt mir n Schlag Linsen auf.

Du hast mich hintergangen! *Mich,* deine Mutter! Du bist enterbt!
Verzeih, Mama, aber deine Entmündigung ist leider schon rechtskräftig.
Soll das heißen, du führst jetzt die Firma allein?!
Nicht doch. Ich habe die Mädels als Gesellschafterinnen mit drin und eine GmbH draus gemacht. In Kürze werden wir uns in gleichem Umfang auf die Spargelzucht schmeißen. Die Erdproben-Analysen haben ein ungemein günstiges Ergebnis gebracht.
Das ist ungeheuerlich. Und mich, deine alte gebrechliche Mutter, läßt du im Glauben, du hättest jede dieser schamlosen Personen, wie es abgemacht war –
Vorsicht, Baronin: Auch purer Vorsatz kann Ihnen Unannehmlichkeiten bereiten.
Aber stellen Sie sich doch nur mal seine Unverfrorenheit vor! –: Trägt mich extra noch zum Friedhof rüber und zeigt mir, elegisch lächelnd, die eingeebneten Gräber!
Ich wollte dir nicht wehtun, Mama.
Und was tust du mir *jetzt* an?!
Trösten Sie sich damit, daß ja auch *meine* These nicht stimmt. Tschüß, Schorschi; ausnehmend gefreut, Sie kennenzulernen; und toi, toi, toi für die Spargel.

DAS DENKMAL

Tach auch.
Tach, der Herr.
Tja –
Kann ich irgendwas für Sie tun?
Sie ham so schöne Steine da draußen.
Gefällt Ihnen einer besonders?
Der große mit dem Engelskopp drauf.
Leider schon weg.
Wirkt ungeheuer serjös.
Logisch: Granit.
Na ja; muß vielleicht nich gleich so n Trumm sein wie der.
Möcht Sie da nich beeinflussen, Herr.
Jedenfalls, s Erdreich hat sich gesenkt.
Dann is der Zeitpunkt richtich gewählt.
Is so n Betongsockel schwer?
Also, *ich* möcht *nich* drunterliegen unter dem, den der Granitbrocken braucht.
Nu ja, wenn Se s *so* sehn –
Eben immer so ne Sache mit Steinen.
Also, ich hab bei Stein eigentlich immer mehr an Häuser gedacht; so an Mauern und Wände; an Schutz.
Das is *eine* Möchlichkeit, ja.
Schön, dann gibt s auch noch Berge.
Und Findlinge; Felsen.
Bloß, n Findling, der stellt noch nischt dar.
Sagen Se das nich: Zumindest sich selber.
Ham Se auch wieder recht. Genau wie der Berg.
Also, n Berg, der protzt vielleicht noch. Mit Schnee und mit Wolken und so. Das führt irre, das lenkt von ihm ab.
Is richtich. 'n Stein is n Stein.
Davon geh ich aus. Is die Grundlage von mei'm Geschäft.

Aber Sie gehn doch mit Hammer und Meißel an ihn ran.
Bloß, ich laß dem Stein seine Würde.
Ham Se schön gesacht, ham Se das.
Allerdings, so n Stein kann nich reden.
Sie meinen, daß ihm so n Palmzweig nich paßt.
Gegen n Palmzweig oder n Kreuz oder so was kann er eigentlich nischt ham. Das is n Ding und ne Sache wie er.
Sacht man dazu nich Symbol?
Symbol sag ich zum Stein. Denn er is ja nich nur er selber; er repräsentiert ja auch was.
Tut so n Kreuz aber doch auch.
An n Kreuz müssen Se glauben.
Nischt gegen zu sagen.
'n Stein aber verlangt nischt von Ihnen. Der steht da und beweist.
Fragt sich eben bloß, *was.*
Überlebt er Sie?
Nich bloß mich.
Und was könn Se da ableiten von?
Der dauert. So n Stein hat Bestand.
Nich so zaghaft. Er punktet auch die Vergänglichkeit aus: Gibt versteinerte Schneckenhäuser, die ham ne Jahrmillion auf m Buckel.
Da bleibt ei'm die Spucke weg.
In dem Glaskasten da, da hab ich so n Ding.
Kuck lieber gar nich erst hin.
Sie sollten nich Schiß ham davor; Sie sollten sich freun.
Dazu is mir mein Leben im Weg. Ich werd vielleicht siebzich. Was soll mir da ne Million.
Mann, geht s denn um *Sie* –!?
Jetz ham Se mich doch, Tatsache, verlegen gemacht!
Ich nehm an, ich darf davon ausgehn, Ihnen is n Trauerfall widerfahrn.
Ihre Annahme is richtich.
Und jetz wolln Se n Gedenkstein.
Is Grabstein was andres?

’n Grabstein beschwert was. Da is was erledicht.
Jetz dämmert s: Und n Gedenkstein behält.
Nich nur das. Er überliefert.
Aber doch nur, was Se reinhaun.
Was ich reinhau, is Sache des Kunden.
Nehmen wir mal an, ich will die Daten, den Namen, n Spruch.
Wenn der Spruch gut is, prägt n sich auch die Ewichkeit ein.
Muß er aber elend tiefsinnich sein.
Setz ich voraus.
Schön. Eines Tages wird der Friedhof planiert. Was dann.
’ne Planierraupe kommt auf n Schrottplatz. ’n Stein behält alles: Sein Gewicht, seinen Wert, seine Form.
Auch mein Gedenken –?
Hier liecht das ganz große Problem. Denn er übernimmt s ja nich freiwillig. Wir zwingn s ihm auf.
Nu könnt man ja n Spruch wähln, der ihm sozusagen auf n Leib geschrieben is. Irgendwas mit ›bleibendem Vermächtnis‹ und so.
Wär ne Idee.
Dann müßt er jetz doch eigentlich nur noch behalten, was er ja sowieso schon weiß.
Absolut möchlich. Und dagegen hätt er auch nischt.
Na, und so n paar Daten –! Er widerlegt se ja *beide* – so oder so.
Sie ham die Materie richtich erfaßt.
Bloß, ich seh nich den Haken.
Der Haken, das is der Name.
Um den kommn wir aber nu doch mal nich rum.
Eben. Deshalb sag ich: Hier liecht n echtes Problem.
Packen Se s doch mal vorsichtich aus.
Ohne Ihnen zu nah treten zu wolln – : Um wen sind Se n verarmt?
Um meine Frau. Ham Se wunderbar gesacht eben; wirklich.
Ich hab n Beruf, da is Zartfühlichkeit alles.
Und das trotz Hammer und Meißel; man staunt.

Womit wir wieder bei m Thema wärn. Sehn Se mal, Herr –
– Pichottka. Mit m doppelten Theodor zwischen dem O und dem K. Meine Frau, die hieß Luzie; ›geborene‹ lassen wir weg.
Kommt immer drauf an, was n Menschen geformt hat: Geburt oder Ehe.
Luzie hat immer gesacht, unser Hochzeitstach is auch ihr Geburtstach gewesen.
Alles klar; dann bleibt die Geborene weg.
Also ›Luzie Pichottka‹.
Und *das* auf m Stein.
Sie betonen das so.
Ich versetz mich jetz in die Materie.
Geht n das?
Meinen Se, ich hätt da sonst meinen Meisterbrief hängen?
Aber n enorm diffizieler Job, den Se da ham. Weihn Se etwa *jeden* Kunden so ein?
Nich doch. Kuck mir natürlich jeden erst an. So was trächt von Tausenden einer.
Man kricht richtich Respekt vor sich selber.
Bild mir, weiß Gott, nischt drauf ein.
Nee, nee; der Typ sind Se nich, Meister.
Ja, also, um wieder auf den Namen zu kommen –
Sagen wir so: Auf m Papier wird er gestrichen; auf m Stein lebt er weiter.
Stop. 'n Name, den keiner mehr trächt, wie kann n der noch leben?
Aber gestorben is er doch *auch* nich. Denn er is ja noch da.
Aber leer. 'n Etikett für ne Flasche, die s nich mehr gibt.
Also, ›Flasche‹ –
Schön, sagen wir ›Behältnis‹.
Ja, ›Behältnis‹ is besser.
Dem sein Etikett, das kommt also jetz auf n Stein.
Richtich. Und was *sacht* so n Name da jetz? – : Hier hat einer an die Luzie Pichottka gedacht.
Das sacht nich der Name; das sacht der Name da auf m *Stein*.

Wenn er das sacht, kann er aber nich nur n Etikett sein; dann is er mehr.
Das Mehr is der Stein. Denn *er* trächt n ja jetz.
Sie ham ihn reingehaun, wolln wir mal sagen.
Genau *das* is es. Und was sacht jetz der *Stein* ? Er sacht: ›Luzie Pichottka‹.
Das sacht er stellvertretend.
Stellvertretend für wen? Für jemand, der nich mehr da is: Kann ich jemand vertreten, den s gar nich gibt?
'ne kniffligе Frage.
Noch kniffliger wird s, wenn man fragt: Wie heißt denn nu unser *Stein*?
Nanu. Seit wann ham Steine denn Namen.
Seit der erste Steinmetz n Namen reingehaun hat in einen.
Nich doch. Is doch der Name von nem Toten – ich meine: von jemand ganz andrem gewesen.
Sie ham den Sachverhalt in die einfachste Formel gebracht: Der Stein trächt n Namen, der ihm nich gehört. Er begeht vor der Ewichkeit Urkundenfälschung. Und *wir* ham ihn dazu gezwungen.
Ach, du grüne Neune.
'n Dilemma, aus dem man nich rauskommt.
Moment mal. Und wenn ich n Stein nehm mit *nischt?*
Dann erinnert der Stein auch an nischt.
Aber er steht doch auf m Grab meiner Frau.
Und wer weiß das?
Na, *ich* !
Brauchen *Sie* n Gedenkstein?
Mann, Sie bringen einen ganz durchnander.
Herr Pichottka. Was soll so n Stein?
'n Zeichen setzen.
Zeichen wofür.
Daß Luzie nich vergessen is.
Also wird er nich für n Betroffnen sondern für n Betrachter auf s Grab raufgestellt. Denn n Zeichen muß ja gesehn werden, stimmt s?

Na, aber was gehn denn Luzie und mich irgendwelche Friedhofsbesucher an!
Nischt, Herr Pichottka.
Um Gottes willn, und was soll ich jetz tun?
Wenn Se *mich* fragen: Pflanzen Se was. Und wenn Se s Grab mal besuchen, machen Se s eben wie wir.
Und wie machen Sie s – ?
Ich bin Jude. Wir legen unsern Toten n Stein auf die Grabkante.
Was denn – : Irgend n Stein – ?!
Indem Se n aufheben, hört er auf, irgendeiner zu sein.
Und warum ham Se dann da *draußen* all die Dinger behaun?!
Herr Pichottka. Glauben is *eine* Sache, Verdienen ne andre: Warum soll ich nich Grabsteine behaun, wenn mich der Handel ernährt?
Ham Se *auch* wieder recht. Na, schön Dank denn auch, Meister.
Nischt zu danken. Empfehlen Se mich.

DER AUSFLUG

Scheißschotter.
Bin dir zu schwer; hab s ja gesacht.
Red kein Unsinn. Hab ich dich so lang geschoben, schaff ich *das* Ende auch noch.
Kreischt n da so.
Krähen. Die übernachten hinten im Wäldchen.
Klingt ganz schön fies.
Jeder schreit so gut, wie er kann.
Auch wieder wahr.
So. Hier is die Tür.
Was denn: 's ganze Grundstück?
Bis hinten an s Klo-Häuschen ran.
Alles eures?
Alles.
Ungeheuer. Wie hast n die aufgekricht eben?
'n Trick: Anheben, Klinke rum, zack. Zieh n Ellbogen ein.
Mensch, und du meinst, Tatsache, daß uns hier keiner sieht?
Hör ma. Is November. Da is kein Fatz mehr inne Laubenkolonie.
Verpust ma. Doch anstrengend, die Karre zu schieben.
Na, nu ham wir s ja gleich geschafft.
Dampft n da?
Komposthaufen. Warm wie n Ofen, wenn de n Loch reinbuddeln würdst.
Wie n das.
Wo was fault, entsteht Hitze. Das heißt – bei Kraut.
Wollt schon saren: Im Grab is doch kalt.
Nich genau raus. Die erzähln ei'm ja nischt.
Sach dir Bescheid.
Is geritzt.
Sind n das.

Pflaumbäume. Immer prima getragen.
Blaue – ?
Genau. Das Blau konntste abwischen. Drunter warn se ganz blank. Erinnerste dich?
Duster. Und das?
Kirsche. Der Baum is uralt. Mein Großvater hat immer erzählt, hätt ma als kleiner Junge oben gesessen. Plötzlich wär n Star angeflogen gekomm und hätt sich genau auf n Zeigefinger gesetzt; hätt richtich sein Herz bumpern hörn könn.
Mensch. Was ihr schon alles erlebt habt.
Tja. Läppert sich eben.
Und n Grundstück wie n Traum.
Müßteste erst im Frühjahr ma sehn.
Du machst mir Spaß.
Ach so; schaffste ja nich mehr. Kucke: Und das is die Laube.
Schicker Kartong.
Und erst innen.
Nach was angelste n da?
Schlüssel. Scheiße; total verrostet, das Ding.
Geht s?
Jetz. Finger weg vonne Lehne!
Mensch – : Genau Maßarbeit, der Rollstuhl. Hätt nich n Zentimeter breiter sein dürfen.
Schwein muß ma haben. Na, was sachste?
Völlich vonne Socken.
Und Holz. Und n Herd. Wer ma gleich n Feuerchen machen.
Biste verrückt? Und der Rauch?!
Mann – ! Hast ja recht; der würd uns verraten. Müssen wir eben warten, bis duster is.
Hauptsache, s Holz is nich feucht. Wenn s feucht is, is der Rauch weiß; den siehste auch inne Nacht.
Sach ma, woher weißt n?
Gelesen. ›Die Kartause am Amazonas‹: Lieblingsbuch von mir. Erwin, ich frier.
Beste, bleibst drin im Rollstuhl. Wart ma, stopp dir die Decken neu fest.

Richtich mollich.
Nich zuviel gewesen, Hertha; nee?
Hör ma. Wär doch nie mehr rausgekomm sonst.
Sar ich doch. Mit *mir* fang se ja auch schon an, auf etepetete zu mimen. Monat später, und ich komm nich mehr hoch. So was muß ma ausnutzen jetz.
Wenn de erst so schlapp bist wie ich, denn geht s plötzlich wieder. Denn willste auf einma bloß kucken und kucken. Damit de n Vorrat hast, wenn s *ganz* dicke kommt.
Manchma denk ich, müßt ne Art Vordruck geben oder so was: ›Was kann ma machen, wenn ma abnippeln muß‹. Aber schreibt ei'm ja keiner.
Was meinste n –: Ob die uns suchen?
Bestimmt. Aber erst ma bloß auf m Gelände.
Und denn?
Inne nähre Umgebung.
Glück bloß, daß der Pförtner abgelenkt war. Du in den Pühschama-Buxen, ich im Rollstuhl –: der hätt uns *nie* durchgelassen.
Die Abendschwester, die denkt, sie wird verrückt, wenn se reinkommt: »Ausgerechnet die schwersten Fälle aus der Kinderabteilung! Ich kann mir das würklich nich erklärn, kann ich mir das!«
's Blöde is eben bloß, daß de s Fenster eindrücken mußtest.
Sollt ich n machen? Hätt dich doch sonst nich rausasten könn.
Bestimmt Hausfriedensbruch.
Wenn nich noch mehr. Na, aber nu sind wir ja hier.
Sach ma, haste den ollen Zausel gekannt, dem immer n Katheder aus m Hosenschlitz hing, wenn er in n Kobaltkeller kam?
Ulkige Type.
Da war so ne Dicke, die wußt ga nich, wo se hinkucken sollt. »Madamm«, sacht er zu ihr, »beruhigen Se sich: In Wirklichkeit isser noch nich ma halb so lang wie der Schlauch.«
Wie ich noch inne Innre lach, hatten se da so ein zwischen-

geschoben, der hat immer gesacht: »Eigentlich n Irrtum, daß ich noch leb. Vielleicht n Gefühl, wenn de jeden Tach durch pures Atmen den Professer beschämst. Der kuckt ein schon ga nich mehr an.«
Leben is ne Sache, da denkste, se kommt noch; dabei isse längst schon vorbei.
Ma muß aufpassen, ja. Was nach nischt aussieht, das isses. Was sich aufdonnert, das isses nich.
Oder s is die Frau Dokter.
Laß ma; die schluckt wenichstens noch, wenn se ein sieht.
Und? Was haste davon?
Is mir lieber als die Glucken von Schwestern. Wie die ein betütern! Kommste ga nich zum Denken.
Sennsieble Kruken. Typ eins: »Na, Mädelchen, wie geht s uns denn heute?« »Hörn Se ma«, sar ich; »wenn schon Kobalt nischt mehr nutzt – Hab doch lauter Metastasen im Bauch; was wolln Se n da von mir hörn?« Schreit se los: »Du bist ja n schreckliches Kind!« Bumms, knallt die Tür zu und aus. Typ zwo: »Na, Kleine? Freust du dich denn gar nicht auf deine Entlassung?« »*Was* saren se da, Kindchen«, sar ich zu ihr: »Entlassung? Ach so«, sar ich, »Sie mein, auf n Friedhof!« Hat s aber n ganz schönen Husch gemacht, unser Püppchen. Siehste, so sind die. Immer fein rum um n Brei; oder beleidigt.
Wie ich reingekomm bin, war da einer auffe Statzjohn, ich sach dir, gegen den biste n Gesundheitsapostel. Ham ihn noch nich ma bestrahlt. »Könn getrost nach Hause gehn«, sacht die Oberschwester zu ihm. »Machen Se n Faß auf. Haun Se auf die Pauke. Nehmen Se mit, was Se kriegen.« »Gern«, sacht er. »Wenn Se mir jetz bloß noch saren könn: Und wo *bin* ich zu Hause?«
Siehste. Genau *das* isses, das Problem: Inne Klinik beschummeln se dich. Zu Hause renn se mit Grieneisen-Gesichter rum. Dabei will ma doch nischt, als n paa normale Leute am Tach.
Hör immer n Bestrahlungsarzt noch: »Ach Gott, s Schlimm-

ste sind wirklich die Kinder – wenn s da so ganz und gar aussichtslos ist.«
Sentementaler Hecht. ›Aussichtslos‹. Wenn ich so was schon hör. Wer will n Aussichten ham? *Passiern* soll noch was.
Sar ich doch. Weißte, was der Paster gesacht hat, wie ich m das ma gesteckt hab? »Komm doch einfach mal in die Andacht, mein Junge.«
Bei mir is immer der vonne *andre* Innung gewesen. Richtige Tränentüte. »Wenn ich dir doch bloß helfen könnt!« hat er dauernd gestöhnt. »Könn Se«, sar ich: »Bin ganz gieprich auf ne Tafel Nußschokolade.«
Und? Hat er dir eine spendiert?
Ja. So n blöden Pfleger geschickt mit dem Ding.
Da siehste. Immer schön auf Dischtangs. Hertha, was is n?
Nischt. Soll n schon sein. Bißchen schlapp.
Glaub, is duster genuch jetz. Wer ma Feuer anmachen. Denn haste s warm.
Find s hier wunderbar, Erwin. Ga nischt gegen zu sagen.
Vielleicht hätten wir nich so lang auf m Rummel rumgurken solln.
So n Quatsch. Ja fast s Schönste von allem gewesen. Schade, daß de kein Mumm hattst und hast mich auffe Kettenschaukel gesetzt.
Hör ma. Hättst dich ja nich festhalten könn!
Nebenan war ne Gärtnerei. Da wär ich in so n Treibhaus gekracht. Hab ich mir als Kind immer gewünscht: Unverwundet durch ne Scheibe zu fliegen.
Schwerste, was es gibt.
Haste den Negerdokter gekannt?
Nee. Bloß manchma gesehn.
's Leben wär gläsern, hat er mir ma gesacht. Erst müßt man s zerbrechen. Dann könnt man sich *so* bewegen, daß ei'm ga nichts mehr wehtut.
Der hat s gewußt.
Manchma bin ich aufgewacht nachts. Da stand plötzlich n weißer Kittel am Bett. »Hey, Dok«, sar ich; »kann ich was

für Sie tun?« »Du bist n merkwürdiges Mädchen«, sacht er. »Nu, nu«, sar ich; »wahrscheinlich wird ma hier schrullich allmählich.« »Wenn s nur das wär«, sacht er. »Mehr isses nich«, sar ich; »könn Se mir glauben, Dok.« »Du weißt es«, sacht er; »du bereitest dich vor.« »Würden Se *auch* machen«, sar ich. »Eben«, sacht er: »Wenn ich dir helfen soll, sag s. Hab nämlich schon mal im Sterben gelegen.« »Und – ?« sar ich: »schlimm?« »Keine Spur«, sacht er; »alles Gerede.« »Ich weiß«, sar ich. »Ma muß nur loslassen, stimmt s ?« »Verdammt«, sacht er; »dir kann man wirklich nichts mehr erklärn.« Richtich n bißchen verärgert gewesen, wie er dann wegging.

Und – ? Isser dann noch ma wiedergekomm?

Was.

Ob er dann noch ma wiedergekomm is.

Wer.

Mein Gott, der Schwarze!

Nee.

Was is n, Hertha? Was sprichst n so leise?

Nee, überhaupt nich; auch nich leise. Wozu denn? Ich kann s doch jetz.

Versteh nich: *Was* kannste jetz.

Rat ma.

Hertha! Hertha –!!

EIN BÜNDNIS

Berta.
Ja.
Was ich Sie schon immer fragen wollte.
Ich hab s gern, wenn Sie fragen. 's liegt sonst alles so kalt in einem herum.
Man kann s sortiern.
Ja; aber wozu. Man staubt s ab, stellt s wieder hin. Manchmal muß man s schon jemand *zeigen.*
Ich hab ne Menge überhaupt erst verstanden, seit ich allein bin. Das kommt daher, ich hab angefangen zu ordnen. Da merkt man auf einmal, wo was herkommt.
Stück für Stück – *das* schaff ich auch. Aber wie das eine aus dem andern entstanden ist – das krieg ich nicht hin.
Das ist aber wichtig.
Weiß nicht, Hermann.
Sehn Sie mal, ich hab doch immer geknobelt, wieso Sophie Fisch nicht gemocht hat.
Ja, richtig.
Heut früh ist mir s buchstäblich wie Schuppen von n Augen gefallen.
Was Sie nicht sagen.
Sie ist doch wegen ihrer schwachen Lunge in so m Heim gewesen, nicht.
Als Kind; erinner mich, ja.
Jetzt passen Sie auf. Wir haben in Werder, während der Baumblüte, mal ihrn dreißigsten Geburtstag gefeiert. Da hat sie erzählt, sie hat durch s Küchenfenster gekuckt, wo drei von den Nonnen, die das Heim geleitet haben, s Mittagessen vorbereiteten: Fisch; Schleie genauer. Und sie sind über n Tisch weggewitscht und haben gejapst, wenn die schuppigen Hände der Nonnen sie griffen.

Schleie sind elend glitschig; das stimmt.
Auf m Tisch lag ein Holzhammer. Jede der Schleien kriegte zuerst mal n Schlag auf den Kopf. Unangenehmes Geräusch, sagt Sophie.
Schwer zu ändern. Schließlich, wie soll man sie schuppen und ausnehmen dann.
Richtig. Bloß, dabei ist es passiert.
Herrje.
Der ganze Tisch, sagt Sophie, schon rot vor Fischblut und übersät mit den braungoldenen Schuppen. Und immer wieder eine der Nonnen – an sich ne hübsche und nette – eine Schleie nach der andern in den Bauch gestochen, aufgeschnitten und Blase und Innerein rausgelöst.
Behutsam hoffentlich, daß die Galle nicht reißt.
Bestimmt. Grade die eine, sagt Sophie, hat sich prima auf Fische verstanden: Zack, Schnitt – erledigt, der Fall. Bloß, jetzt kommt s. Bei jeder Bewegung, sagt Sophie, die die Nonne, über den Tisch gebeugt, machte, ist das Kreuz, das sie an ner langen Kette um den Hals trug, durch das Fischblut gerutscht und über die Därme weg und die Schuppen, bis es schließlich schon selber wie irgend so n blutiger Fischknochen aussah, das Ding.
Igittigitt.
Und nu überlegen Sie sich. Mit fünf hat Sophie das gesehn. Mit dreißig hat sie s erzählt. Und heut, wo ich auf die siebenundsiebzig zugeh, begreif ich: Deshalb hat sie Fisch nicht gemocht und konnt Kreuze nicht leiden.
Ach, haben Sie ihr *darum* den schönen Stein draufgesetzt?
Mußt ihr s bei Lebzeiten versprechen. Obwohl, *mir* wär n Kreuz lieber gewesen; ist preiswerter und leichter.
Paul hat ja auch eins. Hab Ihnen doch erzählt: Hab s schon zweimal erneuert. Einmal wegen der Wittrung; dann wegen der Schrift; so Goldbuchstaben halten ja nu mal nicht ewig.
Berta – : Hab ich s Ihnen klarmachen können?
Sie meinen, wie so was zusammenhängt?
Wie eins sich aus m andern ergibt, ja. Wie man mit Geduld

Erklärungen findet. Wie man seinen Menschen auf einmal ganz neu sieht – lebendig.
Komisch. Ich seh immer Fotos. Paul, mit seiner neuen Kreissäge von Strohhut, wie er mich durch n Tiergarten rudert. Und ich seh auch, wie der Schatten von mei'm Sonnenschirm über die gespiegelten Trauerweiden weggleitet.
Aber das ist doch *mehr* als n Foto. Da bewegt sich doch was.
Der Kahn, ja. Das Wasser. Mal n Zweig. Aber Paul und ich sitzen still; obwohl er doch rudert.
Soll ich Ihnen sagen, woran das liegt?
Ich weiß es. 's gibt Lieblingserinnrungen.Die funktioniern schließlich bloß noch als Bild. Und das nutzt sich *auch* ab, je öfter man s rauszieht. Das mit der Kahnfahrt, das hab ich Ihnen doch nu schon -zigmal erzählt.
Aber immer n klein bißchen anders.
Weil Sie immer n bißchen anders einsteigen drauf. Da entdeckt man eben auf so m ollen Foto noch was.
Wie eben den Sonnenschirmschatten.
Na, schön. Aber Paul, der wird immer blasser. Ich tatsch zu oft an ihm rum.
Das ist es nicht. Das verträgt er.
Aber was ist es *dann* ?
Der Rahmen drum rum. Er ist ihm zu eng. Sie müssen s rausnehmen, das Bild. Da gehörn doch noch andre dazu: Was war vorher? Wie war der Morgen beschaffen, als Paul sich an dem Tag vor m runden Vergrößerungsspiegel in der Küche rasiert hat? Hat auf den Müllkästen im Hof schon die Sonne gelegen? Was hat die Gardine im Wohnzimmer gemacht? Hat sie still gehangen, hat sie sich in nem Lufthauch bewegt? Wo kam der her? Vom Balkon? Haben Mauersegler draußen gekreischt? Oder sind das die Kinder auf ihrn Rollschuhen gewesen?
Es warn die Kinder. Für Mauersegler war s noch zu früh. Die sind immer erst so Ende Juni gekommen. Aber ne Amsel hat auf der Brandmauer gegenüber m Küchenfenster gesessen. Irgendwo hat endlos n Pfeiftopf gepfiffen, deshalb konnt man

nicht *hörn,* wie sie singt. Aber Paul hat gesagt, er könnt es *sehn.* Und wie ich die Augen ganz eng gemacht hab, da hab auch ich es erkannt: Sie hat den Ober- und den Unterschnabel bewegt, und am Hals haben sich ihre Federn gesträubt und wieder gelegt, gesträubt und wieder gelegt, als pustete einer mit m Blasebalg durch.
Muß n schöner Morgen gewesen sein, Berta.
Komisch: Hab ihn noch nie so nah und kaffeeduftend vor mir gehabt.
Weil Sie immer gleich in n Tiergarten und zu Ihrer Kahnpartie wolln. Schwupps, und schon sitzen Sie drin, und da sitzt auch Paul, steif, lächelnd, uns in jeder Anzugsfalte bekannt; und bekannt auch der Schatten des Strohhuts, der die Augen verdeckt, an die man sich deshalb auch gar nicht mehr so richtig erinnert.
Ogottogott. Genauso ist es: Der Strohhut. Was ich den schon verflucht hab.
Daher raus aus m Kahn, Berta. In der Küche hat er ihn ja noch nicht auf. Er hat Ihnen zugeblinzelt bei m Rasiern, als Sie s Frühstückstablett an ihm vorbeibalancierten.
Ja, meinen Sie –?
Ich seh s.
Doch, ja; jetzt seh ich s auch. Er hat richtig lustige Augen gehabt an dem Morgen. Sonst war da immer noch n Glimmerfunken Traurigkeit drin. Der konnt manchmal s ganze Auge anstecken. Der Mund hat sich zwar nie drum gekümmert und weitergelacht; aber man wußte dann nie so recht, wo man mitmachen sollte, ob bei m Traurigsein oder bei m Lachen. Ich hab meistens die Mitte gehalten.
Sie sind für Ausgleich; das mag ich an Ihnen. Werd nie vergessen, wie Sie mir klargemacht haben, der Streit mit Sophie damals, wo s um so was Großes und Schreckliches ging, wie s die Frage doch ist, ob sie in der Klinik oder zu Haus sterben soll, der war nur deshalb so heftig, weil sie mich an s Alleinsein gewöhnen wollte, solang sie noch lebte. Während ich natürlich keinen größren Wunsch hatte, als sie Tag und

Nacht bei mir zu haben. Was, wie Sie ganz richtig sagen, auf nichts als ne verzweifelte Zudringlichkeit rausgelaufen wäre – zuletzt.

Genau, Hermann. Denn so, wie Sie mir Sophie nahgebracht haben, war sie n Mensch, der grade, *weil* er so gebrechlich war, all seine Kraft in sich reingenommen hatte. Denn körperlich war ja wohl nichts mehr zu machen bei ihr. Also hat sie sich im Kopf und im Herzen gewappnet. Deshalb hat sie Sie die letzten Wochen auch nicht mehr gebraucht. Denn *Sie* warn ja zu schwach vor m zu nahen Tod. Sie hätten nur dauernd rumgeheult bei ihr und ihr die mühsam erworbne Aufbruchsstimmung vermiest. Alles, was sie gebraucht hat, sind Sauerstoff und noch n bißchen künstliche Nahrung gewesen. Und sonst bloß sachliche Schwesterngesichter und mal ne nichtssagend funkelnde Arztbrille vielleicht. Nichts Ablenkendes mehr, nur noch Weißes, Neutrales.

Wenn ich Sie so reden hör, Berta, versteh ich, wie Paul Sie die zweiunddreißig Jahre geliebt haben muß. Sie haben von irgendwoher was mitgekriegt, da kommt unsereiner nicht ran.

Ich glaub, ich hab das akkurat diesen zweiunddreißig Jahren zu danken.

Aber Sophie und ich haben uns die siebenundzwanzig Jahre lang doch *auch* geliebt. Und trotzdem hab ich mich mit ihrem Tod erst durch *Sie* ausgesöhnt.

Nicht doch: Durch Sophie. Ich hab nichts weiter gemacht, als sie Ihnen *so* erklärt, wie Sie sie mir gezeigt haben, Hermann.

Aber ich *hab* sie Ihnen nur so zeigen können, weil Sie mich nach ihr gefragt haben, Berta. Und Sie sind nicht nur neugierig gewesen, was vielleicht auch schon gereicht hätte; Sie haben Anteil genommen. Das mit dem Fisch zum Beispiel hab ich nur durch *Sie* rausgekriegt. Ich wollt Ihnen einfach mal gern was Neues von Sophie erzählen.

Komisch. Jeder von uns braucht den andern, um mit seinem Gestorbnen klarzukommen.

Darauf wollt ich raus: Also braucht Paul auch mich; und Sophie braucht Sie.
Ja; sieht ganz so aus.
Und deshalb wollt ich Sie fragen: Sollten wir nicht heiraten?
Aber werden wir denn Paul und Sophie nicht untreu damit?
Im Gegenteil. Wir würden ja heiraten, um unsre Treue noch zu vertiefen.
Denn ich liebe Sie nicht, Hermann. Ich liebe Paul.
Und ich liebe Sophie. Vielleicht bin ich sogar egoistisch, daß ich Sie heiraten möchte. Denn Sie haben mir Sophie so deutlich gemacht, wie ich s allein *nie* geschafft hätte.
Und Sie haben mir Paul wieder nahgebracht. Was ist da Egoistisches dran?
Wenn Sie *so* fragen – ich weiß es nicht.
Bloß, ist diese Heirat denn auch wirklich notwendig, Hermann?
Berta. Jetzt hat hier jeder von uns ein Einzelzimmer im Heim. Was heißt das. Das heißt, da ab zehn Uhr Bettruhe herrscht und um acht Uhr gefrühstückt wird, ist jeder von uns beiden die wenigen Jahre, die ihm noch bleiben, täglich mit seinem Toten zehn Stunden allein.
Das ist arg lang.
Das ist schrecklich. Denn wieviel näher könnte Sophie mir noch sein, brauchte ich nachts nur nach ihr ins Dunkel zu fragen.
Sie ersparn es mir, Ihnen von Paul dasselbe zu sagen.
Also –?
Ich überleg.
Denken Sie an das gemeinsame Zimmer. Jetzt bin ich hier bei Ihnen nur Gast.
Einer von uns wird seine Rente verliern.
Wir gewinnen dafür mehr, als wir je hatten.
Es wird eng sein. Denn wir werden kein Doppelzimmer kriegen, sondern zusammenziehn müssen.
Sie behalten das Bett. Ich schlaf da auf der Couch.
Ich hätt allerdings Scheu davor, vertrauter mit Ihnen zu wer-

den, als ich s schon bin.
Ich hätt nicht den Mut gehabt, Berta, s Ihnen genauso offen zu sagen.
Und wir sollten beim ›Sie‹ bleiben; das macht s leichter.
Ganz wie Sie wolln.
Tja.
Also, dann: Einverstanden –?
Ja.
Danke, Berta.

SSÄH LA WIEH

Na, is doch wohl nich Ihr Ernst, Sie, nee?

Machen Se kein Gewese, Frau. *Noch* n Schritt, und ich springe.

Nich doch, nich doch. Momentchen, stell bloß den Wäschekorb ab.

Lassen Se mich gefällichst zufrieden.

Denn komm Se ma erst vonne Dachkante weg.

Ich steh hier so lang, wie s mir Spaß macht.

Genauso hab ich mir n Spaßvogel vorgestellt, Sie.

Sie solln abhaun.

Ma nich so n Ton, nee?

Sie solln sich verpfeifen, hab ich gesacht!

Immer sachte. Wohn schließlich hier. Außerdem muß die Wäsche jetz anne Leine.

Na, hat doch wohl Zeit.

Nich bei *der* Sonne.

Denn fummeln Se da hinten rum eben.

's Dach is eingeteilt, Herr.

Aber Sie wern ein doch ma fünf Minuten in Ruh lassen könn?!

Dicke. Häng ich se eben so lang schon ma auf.

Verschon Se mich um Gottes willn mit Ihrm Alltagskram, Frau.

Viel zu wenich Klammern wieder; typisch. Und Sie wolln *nich* noch n Schrittchen zurücktreten, nee?

Ich bin erledicht genuch. Nu klaun *Sie* mir nich *auch* noch n Nerv!

Wenn Se noch n Nerv *ham,* den würd ich jetz aber vibriern lassen, Sie.

Ich brauch keine Ratschläge. Ich brauch Konzentratzjohn.

Nu kucken Se sich das an: So geht der Mann mit sei'm Un-

terzeuch um!
Also, Sie könn ei'm aber auch *alles* vermiesen!
Nu ja, als Maurer, da strapaziert er so n Unterhemd natürlich.
Sein Se nich so unmenschlich. Sehn doch, was los is mit mir.
'ne Frau hinter, stimmt s?
Wie kommn Se n auf ›Frau‹?
Sie sind so n Typ.
Ja, so n Typ bin ich.
Isse Ihn abgehaun?
Am hellichten Tach!
Eklich. Hab s ja gesacht –: *Ein* Waschgang genücht nich.
Und nu sitz ich da.
Wenn Se *sitzen* wür'n, ging s. Aber Se *stehn.*
Nich mehr lange.
Kucken Se runter: Acht Stock. Liecht sich s da unten so fein?
Sie wissen nich, was Liebe is, Sie.
Auf kein Fall hat se was mit m Leichenschauhaus zu tun.
Unbesorcht. Hab n Personalausweis mit.
Bestimmt auch n piko Abschiedsbrief, was?
Na, klar.
Und *das* soll Liebe sein, ham Se gesacht?
Verzweiflung und Liebe, genau.
Mit *so* m tipptoppen Scheitel? Und sogar rasiert ham Se sich!
Na und.
Wissen Se, was das is? –: Gekränkte Eitelkeit, Herr. Sie wolln ihr eins auswischen, stimmt s?
Sie sind ne ganz und gar ekelhafte Person.
Sind Personen, die ei'm was vermasseln wolln, immer.
Sie vermasseln mir nischt. Sie halten mich n Augenblick auf; na, schön.
So schön nu auch wieder nich. Da unten auf m Pflaster, da verändern Se sich.
Is der Sinn der Geschichte.
Den *Kladderadatsch* seh ich; aber den *Sinn* –?
Hörn Se –: Soll se vielleicht s Gefühl ham, ich akzeptier, dasse abgeschwirrt is?!

Kümmern Se sich gefällichst um *sich* statt um die.
Aber sie is mir doch untreu gewor'n! Sie wohnt doch sogar bei dem Kerl!
Na, wolln Se s vielleicht *noch* dicker, daß Schluß is mit ihr? – : Aus – sie is weg. Feierabend, der Herr: Sie könn die Wohnung neu streichen.
Und die Stille im Schlafzimmer nachts –?! Und der Schrank mit all ihrn Klamotten –?
Stehnlassen. Bestimmt paßt ne Menge davon auch der nächsten.
Frau, ich war siebzehn Jahr glücklich mit ihr.
Na und? Sind ja noch nich ma sechzich. Ham Se doch noch zwanzich Jahr Zeit.
Sie wolln doch wohl nich behaupten, ich könnt noch ma lieben?!
Kein Piep von gesacht.
Also.
Ga nischt ›also‹. Kucken Se sich ma die Wäsche hier an.
Staun schon die ganze Zeit, was Se da aufbammeln, Frau. Alles Ihre?
Zwölf Garniturn; jedes von den Bälgern hat zweie.
Reden Se ma n bißchen netter von Kindern. Hab mir bald zehn Jahr eins gewünscht.
Nachholn, Herr. Oder könn Se nich mehr.
Ich kann.
Sehn Se. Und ich und mein Zwoter, wir konnten *auch.*
Ach, Sie warn schon ma –?
Fuffzehn Jahre. 'ne Ehe, wie Se sich se besser nich vorstelln könn.
Wie meine.
Kommn Se; helfen Se mir ma, die Laken auswringn.
Appropoh: Und die Kinder –?
Alle vom Zwoten.
Ham Se Ihrn Ersten denn *nich* so geliebt?
Gegenteil: Wie die Kletten annander geklebt.
Wie wir.

Bloß, denn isser eines Tages gestorben.
Verdammt.
Genau s richtige Wort. Fester zupacken, Mann; kommt ja nischt raus!
Was ham Se n gemacht?
Geheult. Nischt gegessen. Nich geschlafen. Zu nischt mehr aufrappeln könn. Bloß rumgesessen und inne Ecken gestarrt.
Wie ich.
Bis n Geschäftskollege mich zurechtgestukt hat. »Kannste nich machen mit Oskar«, hat er gesacht. »Machst ja mit dem Geflenne eure ganze Ehe kaputt!«
Na, *der* hat n Herz. Und der Tod?
Der, sacht er, würd dann nämlich die Oberhand kriegen. »Wär doch erzbelämmert«, sacht er, »wär doch das, oder –?«
Nu ja. Aber Sie hätten doch so oder so weitergelebt.
»*Du* schon«, hat der Geschäftskollege gesacht; »aber nich *das*, was euch überhaupt erst ausgemacht hat.«
Was meint er n mit ›das‹?
Hab ich n auch gefracht. »Eure Liebe«, hat er gesacht.
Na, aber die ham Se m Verstorbnen mit Ihrer Trauer ja grade bewiesen!
Ihm –? Bei Trauer, Herr, kassiert bloß der Tod.
Aber ich darf doch wohl betrauern, was ich geliebt hab!
Wenn Se s abwürgen wolln – warum nich.
Verdammt.
Geben Se mir ma die Klammern da rüber?
Hier. Hat Ihn das auch der Geschäftskollege gesacht?
Zumindest hat er s mir klargemacht, ja.
Den hätten Se sich warmhalten solln.
Hab ich. Is ja inzwischen mein Mann.
Nich so schnell. Und er hat auch *jetz* noch gewollt, daß Se Ihrn Verstorbnen lieben?
Wissen Se, was er gesacht hat? –: »Wär ne echte Sauerei, wenn de s sein ließest, Mädel.«
Aber Sie ham doch die Kinder mit ihm!
So isses, Herr.

Na, und wie *stehn* Se dann jetz so zu ihm?
Wir leben wie zwei prima Kumpel zusammen.
'n Kumpel, mit dem man ins Bett geht –?
Die Kinder hat *er* gewollt. Konnt n doch da nich enttäuschen.
Und was hätt Ihr Erster dazu gesacht?
Der wär stinktraurich gewesen.
Aber warum ham Se mit *ihm* denn keine Kinder gehabt?
Die Jeans, die müssen Se noch ma auswringn hier; die trocknen sonst nich. Er war querschnittgelähmt.
Was denn –: Und Ihre ganze Ehe lang –
– ham wir ne chemische Reinigung zusammen gemacht. Alles bestens geklappt. Bis er dann nich mehr wollt. Da is Anton für ihn eingesprungn.
Und Oskar?
Zu Hause geblieben. Flöte gespielt. Krimis gelesen.
Und Anton hat n auch *jetz* noch gemocht?
Ga kein Ausdruck. Wie n Bruder zu ihm gewesen.
So ne Frau müßt man finden: Nich eifersüchtich auffe Vergangheit *und* noch mit m Kind einverstanden.
Könn Se im Grund *jeder* zumuten.
Und Sie meinen, Tatsache –: Familie, das lohnt sich?
Am meisten lohnt sich ne Ehe.
Und Kinder –?
Nu ja; wenn s sein muß. Sie sehn ja –: da hängn se.
Aber Sie mögen se doch.
Wissen Se *was* ? –: Eigentlich hab ich bloß Oskar gemocht.
Ich bewunder den Anton.
Sie, und mit Recht. Denn er weiß es.
Und?
Manchma poltert er los.
Ich dacht, er wär ruhig.
Isser auch. Im Prinzip. Bloß nich, wenn er auf Oskar kommt; und auf den kommt er oft.
Aber sachten Se nich, daß er n mag?
Das isses ja, Mann: Er sacht, ich hätt s verhindern könn.

Was.
Daß er sich umgebracht hat. Is n Damenhemd; müssen Se umdrehn, das Ding.
Oskar hat sich –
Ja. Er wollt nich, daß ich sein Leben lang für ihn aufkommen sollt. Konnt doch nur n Oberkörper bißchen bewegen; doch dauernd in so m Wagen gesessen.
Und da ham Se n tachtächlich –
– rausgehievt, reinbugsiert. Kucken Se sich die Arme hier an: Verdank ich alles Oskar, die Muskeln.
Ehrlich gesacht: Versteh da nu Anton nich ganz. Sie ham doch bestimmt bong für Oskar gesorcht.
Na ja; vielleicht bißchen *zu* gut sogar.
Und *das* wirft er Ihnen jetz vor?
Anton meint, ich hätt n zu sehr merken lassen, wie er von mir abhängich is.
Aber wie wolln Se bei *so* m Mann zurückhaltend sein? – : Der muß auffe Toilette. Der will ma n Bad. Der möcht ausgefahrn wer'n. Der braucht Abwechslung, braucht der. An den könn Se doch nich mit Glaßeh-Handschuhn ran!
Genau das isses, Sie. Die Koppkissenbezüge bißchen glattschütteln erst; hab ich s leichter mit m Bügeln nachher.
Gemacht, Frau. Also, Sie, ich hätt Karola, wenn s nötich gewesen wär, Jahrzehnte gepflecht. Ausschließlich. Könn Se mir glauben.
Sie hätten s selbe Problem gehabt, wie *ich* s schließlich hatte: Ich konnt s einfach nich mehr mit anhörn, daß er sich für jeden Scheißdreck bedankt hat.
Aber gibt ei'm doch ne gewisse Genuchtuung, nee?
›Genuch‹ stimmt: Eines Tages konnt ich nich mehr. »Schatz«, sar ich, »was ich tu, tu ich gern; das weißte. Bloß, hör endlich auf, dauernd danke zu saren. Wenn de das fuffzichma hörst am Tach, das macht n Menschen meschugge, mein Junge.«
Nu ja. Wenn Se s so saren –. Hat er s gelassen?
Schlachartich.

Sennsiebel *war* er.
Is ja dann auch alles prima gelaufen. Bloß, immer stiller isser gewor'n.
Nanu.
Obwohl wir doch zusamm gearbeitet ham: Hat vorn anne Kasse gesessen.
Aufgabe muß ma ham; sar ich doch immer.
Nur, denn konnt er eben eines Tages nich mehr.
Was konnt er nich mehr?
Dauernd s Danke verschlucken.
Na, dankbar kann man doch auch auf ne andre Art sein.
Wie denn, Mann, wenn Se sich nich rührn könn und ga nischt?!
Da is Ihn ne Klammer runtergefalln. Na, aber konnt er s denn nich zur Not auch *so* akzepptiern? Doch schließlich alles bloß Selbstverständlichkeiten gewesen, was Se ihm angetan ham.
Kann man nich, nee. Jedenfalls nich, wenn man so gehändikäppt is. Da braucht man n Ventil. Und wenn s das Wort Dankeschön is.
Zu blöd. Und genau *das* ham Se Oskar verboten.
So isses.
Und wie – Ich mein –
Alles ganz einfach gegangn: Er hat sich von Anton hier rauftragen lassen.
Noch ma –: Hier auf s Dach?!
Wir ham n Taubenschlach da hinten gehabt. Oskar hat se so gern über sich rumkreisen sehn. »Gibt ei'm so n Unabhängichkeitsgefühl«, hat er immer gesacht.
Und denn hat er hier also gesessen.
In sei'm alten Korbstuhl, genau. Und richtich froh gewesen, sacht Anton. »Danke«, hätt er zu ihm noch gesacht; »zu *dir,* Antek, kann man s ja saren.«
Na, und Anton ihm auf n Rücken gekloppt –
– und ahnungslos wieder ab.
Und Oskar –

– Momentchen gewartet, sich vom Stuhl falln lassen, Schwung geholt mit n Schultern und über die Dachkante gekullert.

Eigentlich ganz schön undankbar, wenn man sich s überlecht.

Tja. Ssäh la wieh, sar ich immer.

Glaub, ich sollt Se jetz runterbringn, Frau.

Gute Idee. Hat ein doch n bißchen geschlaucht.

EIN FALL VON UNTREUE

Du bist schon da?
Ich komm jetzt manchmal früher nach Hause.
Ich beeil mich, was zu essen zu machen.
Stört s dich, wenn ich in der Küche rumsteh so lange?
Aber nein, gar nicht. Passiert ja selten genug.
›Passiert‹ ist n komisches Wort.
Ja, findst du?
Eigentlich meint s doch n Unfall. Dabei wendet man s heute auf jede Kleinigkeit an.
Kleinigkeiten summiern sich.
Dann gäb s da also *doch* ne Verbindung.
So daß man s jetzt durchaus wieder *so* verstehn könnt, wie s ursprünglich gemeint war. Vielleicht nicht ganz so negativ nur.
›Zwischenfall‹ besser?
'n Zwischenfall reguliert sich zu schnell. Salat mit Sahne oder Zitrone?
Zitrone. Richard und Elli haben dich übrigens auch *heute* wieder vermißt.
Gibt Tage, da fahr ich lieber spaziern, statt Tennis zu spielen.
Hab das ja auch nur arrangiert, damit du n bißchen Abwechslung hast.
Mußt dich nicht so mit meinem Alltag belasten.
Ich denk *oft* an dich bei der Arbeit.
Möcht wetten, du weißt noch nicht mal, wie mein Vormittag abläuft.
Erraten, Lisa.
Würdst dich bestimmt amüsiern, wenn du s sähst.
Bin da nicht so ganz sicher.
Weil du rumtrödeln nicht magst. Manchmal spiel ich ne Stunde lang mit der Katze.

Wenn s euch Spaß macht –
Da bin *ich* nu wieder nicht so ganz sicher.
Und warum tust du s dann?
So n Tag ist ungeheuer lang, Herbert.
Du wirst die Entdeckung machen, s kommt die Zeit, da saust er dir wie n Fließband weg unter n Fingern.
Bestimmt. Gibst du mir die Butter mal aus m Eisschrank?
Ist vielleicht Quatsch, daß ich s ausspiel: Aber ich krieg manchmal richtig Schiß bei diesem Gefühl.
Und ich bei dem andern.
Schöne Steaks hast du da.
Nicht?
Wir sollten mal wieder n Faß aufmachen zusammen. Oder ne Party steigen lassen oder so was.
Und wie lang hält so was vor?
Was hält schon vor.
Ich dacht immer, die Sicherheit.
Welche Sicherheit.
Daß das alles n Sinn hätte: Aufstehn, frühstücken. Staubsaugen, sich zurechtmachen. Sich anziehn. Einkaufen.
Aber hat s doch auch, Lisa.
Hast du Beweise?
Du mußt dir n Schubs geben. Von allein läuft s nicht, dein Leben.
›Schubs‹ nennst du das.
Lisa, Herbst werden s dreiundzwanzig Jahre, daß ich den Abschleppdienst mach.
Du bist sechzehn Jahr älter als ich. Meinst du das?
Ich mein, daß ich n problematischen Job hab, was mein Alter betrifft.
Erhebend ist so n Autoschrotthaufen nicht; gar keine Frage.
Er macht einen fertig. Denn er zeigt, wo s hingeht.
Vergänglichkeit, Herbert, gibt s überall.
Überall seh ich sie nicht. Aber ich seh sie die neun Stunden, die ich arbeiten muß.
Du willst auf den Schubs raus.

Genau. Was meinst du, was los wär mit mir, wenn ich mir den nicht jeden Tag gäb.
Aber das ist doch sinnvoll, wenn so n kaputter Wagen abgeschleppt wird.
Ja und.
Schon bist du gerettet. Ich nehm die Steaks. Nimmst du s Tablett?
Aber einkaufen hat doch auch Sinn.
Der Einkauf geht schnell. Ich mach ihn immer als letztes, so um halb elf. Herbert, und *dann*?
Wir sollten ne neue Tischdecke nehmen.
Gute Idee.
Hübsche Blumen hast du da hingestellt.
Freu mich, daß du sie siehst.
Hast du mal mit Elli drüber gesprochen?
*Wo*rüber.
Elli ist doch ne patente Person.
Gibt viele patente Personen.
Wie meinst du das.
Die sehn ihre Erfüllung in nem Kaufhausbummel, in nem Sahnebaiser. Die traun sich nicht weiter.
Weiter wohin.
Zu irgendwas Neuem.
Deutlicher, Lisa.
Aussteigen. Schlag zuwerfen. Bei m Auftreten merken, s ist n Boden, der nachgibt; nicht bloß irgend n Fahrdamm. Jetzt loslaufen: langsam, behutsam. Laß dein Steak nicht kaltwerden, Herbert.
Möcht dich was fragen.
Im Augenblick kann mir nichts Bessres passiern. ›Passiern‹ –: Merkst du, da ist es schon wieder.
Lisa, wo fährst du jeden Tag hin.
Du fragst nach nem Ziel – ?
Ja. Nach deinem.
Geht s dir wie mir.
Weich jetzt nicht aus.

Herbert, ich fahr rum. Ich stell s Radio an; Jazz. Ich summ mit. Ich kuck raus. Ich freu mich, durch die Sohlen n Motor zu spürn. Manchmal kenn ich die Gegend. Manchmal kenn ich sie nicht.
Das ist der Umweg. Und dann.
Dann fahr ich wieder zurück.
Weißt du, daß du dich verändert hast in den letzten vier Wochen?
Kuck an.
Richard und Elli ist s auch aufgefallen.
Die merken auch alles.
Nicht, du weißt s selber?
Was.
Wie abwesend du jetzt immer bist. Wie fremd.
Fremd ist man immer nur *andern.*
Deswegen frag ich.
Frage ist bloß, ob dir die Erklärung was nützt.
Sie soll mir nichts nützen; ich möcht sie nur haben.
Herbert, ich steig irgendwo aus.
Genauer.
Ganz im Nordosten. Am Stadtrand.
Da gibt s Lagerhallen, Laubengärten, Fabriken.
Und n Friedhof. Noch n Schluck Bier?
Gar nicht gewußt.
Sogar n sehr schönen.
Was ist schön an nem Friedhof.
Alles. Die Ruhe. Die Abgeschiedenheit. Die rührenden Grabsteine. Die Bäume. Die Vögel. Die mutigen Namen. Die eifrigen Leute. Na, und vor allem die Erde.
Erde kenn ich nur aus m Krieg. Sie ist bestenfalls zum Einbuddeln gut.
Hab ihr Wesen noch nie so begriffen wie da.
Erklär s mir.
Du merkst plötzlich, sie trägt dich.
Und die Gräber – ?
Die tragen dich mit. Hab Momente gehabt, da war die

Grenze völlig verwischt. Ich hätt mich auflösen können und hätt trotzdem gelebt.
Gefällt mir aber gar nicht, was du da sagst.
Mir hat schon lange kein Ort mehr so gefallen, wie der.
›Ort‹ ging ja noch. Aber warum ausgerechnet n Friedhof?
Wo sollst du denn *sonst* mitkriegen, wem du dein Leben verdankst?
Liegt denn da von dir jemand?
Ich mein nicht meine Familie.
Na, oder sonst irgendwer.
Ich mein alle.
Alle –?
Oder auch einen. Ein x-beliebiges Grab. Steinbank davor vielleicht noch.
Lisa, wer ist Georg.
Ich hätt s mir denken können, daß Elli redet.
Du hast ihn auf m Friedhof kennengelernt?
Kennen –? Also, weiß nicht so recht.
Triffst du dich mit ihm oder nicht.
Doch: Es gibt eine Stelle, wo ich ihn treffe.
Die ganzen letzten Wochen.
Ja, Herbert. Hilfst du mir raustragen?
Ist er in der Gärtnerei angestellt?
Nein.
Bei der Friedhofsverwaltung?
Was soll das.
Du mußt ihn mir wenigstens schildern. Ich brauch Anhaltspunkte, mit wem ich s zu tun hab. Ist er *sehr* viel jünger als ich?
Ihr seid beinah gleich alt.
Ich versteh das nicht.
Wenn er jünger wär, hättst du s verstanden?
Eher, Lisa.
Ich hätt gedacht, daß du mich besser kennst.
Aber *warum* dann das alles?!
Herbert, nicht jeder Mann in deinem Alter hat vor m Älter-

werden Angst. Gibt auch welche, die strahlen ne enorme Gelassenheit aus. An die könnt man sich anlehnen. Bei denen hätte man Mumm.
›Gelassenheit‹. Gib sie mir doch.
Gern. Aber s wär dann die, die ich von Georg hab jetzt. Hier ist n Handtuch; *ich* wasch ab.
Beschreib ihn.
Ungefähr deine Statur. Lacht gern. Haarfarbe Hauch grauer als deine. Nettes offnes Gesicht; s Leben muß allerhand mit ihm angestellt haben, wenn man s mal in Ruhe betrachtet.
Ihr habt *viel* Ruhe da auf m Friedhof, stimmt s ?
Das *ist* ja das Wunderbare. Nichts stört einen da.
Was macht er beruflich?
Nie nach gefragt. Wenn ich mir seine Hände vorstelle, würd ich sagen, müssen ganz schön zugepackt haben: Kräftige, bißchen knochige Finger, schartige Nägel.
Schon wieder –: wie meine.
Auch eure Hände ähneln sich, ja.
Aber wieso hat er dauernd die Zeit?!
Er kann sich seine Arbeit einteilen.
Der bringt einen wirklich noch auf Ideen.
Wär vielleicht nicht mal das Schlechteste, Herbert.
Jetzt sag nur noch, ich soll mir n Beispiel nehmen an ihm.
Dazu müßt ich mich erst in n Mann reinversetzen, dessen Frau in ner ähnlichen Lage wäre wie ich.
Und in was für ner Lage siehst du dich, Lisa?
Beneidenswert ist sie nicht. Aber da ich kein Schuldgefühl hab, bin ich beinah zufrieden.
Zufrieden.
An dieser Bezeichnung merkst du, wie s vorher gewesen sein muß.
Und woran lag das?!
Daran, daß ich mir nicht diesen ›Schubs‹ geben kann.
Na, aber dann laß doch wenigstens *mich* ihn dir geben!
Bitte. Ich wart seit elf Jahren drauf, daß mein Mann mir ne Richtung zeigt.

Wo kommt n hier der Untersatz hin.
Rechts in die Schublade.
Ich schaff das schon noch. Ich häng mir eben nur dauernd selber am Bein.
Das ist das Schöne an Georg: Er kann sich loslassen. Da hat auf einmal auch der andere Kraft.
Vielleicht hab ich *wirklich* Schiß. Ich denk immer, ich krieg mich nicht wieder, wenn ich mich loslaß.
Und wenn du da auch *mir* n bißchen vertrautest –?
Und das sagst du erst heute?!
Ist dir heute zu spät?
Ich würd ja *gern* mit dir alt werden. Aber wer sagt mir, daß ich mich da auf dich verlassen kann, Lisa.
Das sagt dir Georg.
Ausgerechnet. Er mit seiner Vitalität.
Täusch dich nicht. Die hab nur ich ihm gegeben. Weil ich ihn ständig mit dir vergleiche. In Wirklichkeit bist du ihm da sogar überlegen.
Ich soll vital sein?
Nur neben Georg.
Komm. Versuch jetzt wenigstens, logisch zu bleiben.
Herbert. Weißt du, wie ich ihn kennengelernt hab?
Erspar mir s.
Wär schade für dich.
Also –?
Durch seinen Grabstein.
Noch mal.
Granit. Völlig verwittert.
Heißt das – Heißt das: Georg ist tot?!
Sein Grab war derart verwildert, daß man annehmen kann, er lebt auch in keinem Angehörigen weiter. Das *war* ja der Grund.
Komm nicht ganz mit. Von welchem Grund sprichst du.
Ich hab vorhin von Erde gesprochen.
Erinner mich, ja.
Ich hab diese Erfahrung nur machen können, weil ich da täg-

lich mit ihr gearbeitet hab. Ich mein, ich hab sie gefühlt, ich hab sie gerochen.

Lisa, mach mir s doch leichter.

Sein Grab sieht jetzt wieder so aus, als wär er erst eben gestorben.

Du hast es erneuert –?

Ich hab das Gefühl, ich hab ihn beerdigt. So, fertig. Hängst du s Handtuch über die Heizung?

Mach ich. Ich glaub, ich versteh dich.

Du weißt, was du da eben gesagt hast –?

Und wenn wir *beide* sein Andenken bewahrn würden, Lisa?

Ja; du hast mich verstanden.

ZUFLUCHT

Hallo.
Dies ist ein Beichtstuhl.
Ja und.
In der Regel kniet man hier hin.
Ich bin nicht die Regel.
Niemand glaubt sie zu sein.
Macht es Sie nervös, wenn ich stehe?
Ich sähe ganz gern Ihr Gesicht.
Das ist was andres.
Sie sehn erschöpft aus. Sie sind verzweifelt gewesen.
›Gewesen‹ ist richtig.
Und jetzt –?
Jetzt brauche ich Ihre Hilfe.
Meine persönliche?
Ja.
Moment.
Bitte bleiben Sie in Ihrem Gehäuse. Ich fürchte, ich bin noch nicht unbefangen genug.
Wozu.
Um Sie so anzusehn, wie *Sie* mich jetzt ansehn.
Es ist mein Informationsblick; er braucht Sie nicht zu beunruhigen.
Sie sind noch sehr jung.
Nicht jünger als Sie.
Wir sind gleich alt vermutlich.
Ist das eine der Voraussetzungen, weshalb Sie zu *mir* kommen?
Ja. Denn Ihr Amtskollege könnte mein Großvater sein.
Halten Sie sich jetzt nicht mit Sarkasmen auf.
Sind Sie *nie* ironisch?
Nach Möglichkeit nicht.

Aber Gott war es auch.
Zu Hiob, ich weiß.
Hat ihn ganz schön fertiggemacht.
Hiob sollte versucht werden. Man braucht Gott diese Ironie nicht zu glauben.
Gott hat s gut. Seine Unbegreiflichkeit wird in jeder Kirche verteidigt.
Das täuscht. Was wir hier verteidigen, sind die Trümmer seiner Utopie.
Sie glauben an das Gute im Menschen?
Ich glaube an die Chance des Menschen.
Und welche hab ich?
Die, die Sie sich geben.
Danke, Pater. Läge er nicht noch im Wohnzimmer, ich könnte jetzt gehn.
Von wem sprechen Sie.
Von meinem Mann.
Es geht ihm nicht gut?
Entscheiden Sie selbst: Er ist tot.
Krank gewesen? Verunglückt?
Er ist umgebracht worden.
Woher wissen Sie das.
Ich weiß es.
Und *wie?*
Feuerhaken; von hinten; am offnen Kamin.
Sie haben hoffentlich alles unverändert gelassen.
Nur den Feuerhaken auf die Müllkippe geworfen.
Aber er wäre ein wichtiges Beweisstück gewesen.
Eben.
Soll das heißen, Sie hatten ein Interesse an dieser Tat?
Hätt ich sie sonst denn begangen?
Wann.
Gestern. Seit ich die Gewißheit habe, Sie interessiern mich nicht nur, sondern ich kann mich auch auf Sie verlassen.
Sie haben mir nachspioniert.
Ich hab Sie beobachtet. Ich hab mich erkundigt nach Ihnen:

Sie zweifeln; Sie sind hilfsbereit und diszipliniert – genau die richtige Mischung.
Um einen Mord zu kaschieren.
Um mir Zeit zu geben, mich zu besinnen.
Worauf.
Ich bin *auch* zu Ihnen gekommen, weil ich keine Reue empfinde.
Reue ist kein Unterrichtsfach.
Vielleicht schläft sie in einem. Vielleicht haben Sie das Talent, sie zu wecken.
Ich.
Eher als ein Kripo-Mann. Oder halten Sie es für sinnvoll, mich in meiner jetzigen Seelenlage zu stellen?
Sie müssen davon überzeugt sein, nicht ich.
Ich *bin* nicht davon überzeugt. Ich würde mir meine Erleichterung zu sehr anmerken lassen. Ich würde uneinsichtig wirken, verstockt. Meine Gefühllosigkeit würde das Strafmaß beeinflussen. Ich würde jede Bestrafung als unangemessen empfinden.
Sie haben sich gut präpariert.
Ich bin gewöhnt, mir über mich Gedanken zu machen. Um wieviel mehr jetzt.
Wo Sie getötet haben.
Wo ich mich befreit habe. Diese Ehe ist die Hölle gewesen.
Was nennen Sie so.
Nicht mehr ich sein zu dürfen.
Es gibt ein Rollenverhalten, das schützt das Ich, statt ihm Zwang anzutun.
Unterwerfung kann man nicht spielen.
Aber Ihr Partner darf fordern; genauso wie Sie.
Wenn Faust und Auge Partner sind, haben Sie recht.
Sie hätten diese Ehe auflösen können.
Versuche, die im Krankenhaus enden, bestärken einen darin nur wenig.
Warum sind Sie nicht ausgebrochen? Warum sind Sie nicht einfach geflohen?

Fragen an eine Lebenslängliche. Sie erübrigen sich, wenn man den Zellenschlüssel nicht hat.
Aber Sie fordern eine Freiheit für sich, die es nicht gibt.
Was ich brauche, gibt es. Oder der Mensch ist ein Schemen.
Er wird eins, wenn man ihn tötet.
Er oder ich; das war unser Motto seit Jahren. Ich stand hart vor dem seelischen Exitus. Hätte ich ihn hinnehmen sollen?
Wenn *er* sie auf die vorletzte Stufe drängt, haben Sie noch kein Recht, ihn über die letzte zu stoßen.
Im Ehekampf sind die Fairneßregeln außer Kraft gesetzt, Pater. Da geht es um Luft oder Ersticken.
Und was *haben* Sie jetzt?
Höhenluft. Eine Klarheit, wie vorher noch nie.
Sie triumphieren.
Ich atme.
Es ist wahr: Sie sind uneinsichtig.
Danke. Und Sie helfen mir jetzt? Ich meine: konkret –?
›Konkret‹? Was verstehn Sie darunter.
Daß ich ihn alleine nicht wegschaffen kann.
Ist Ihnen der Unterschied zwischen Hilfe und Mithilfe klar?
Sie bedingen einander. Wenn Sie mich einsichtig wollen, müssen Sie mich erst von der Angst vor Entdeckung befreien. Ich muß zeitlich auf Distanz gehen können. Sie müssen mir Ruhe verschaffen.
Ruhe.
Ein Beamter der Mordkommission jedenfalls gäbe mir keine; selbst ein Rechtsanwalt wäre nicht der ideale Ratgeber jetzt.
Woher wissen Sie, daß ich ein besserer bin.
Da Sie mich nicht ausliefern, *sind* Sie ein besserer.
Aber ich *liefere* Sie aus –: Ihrem Gewissen.
Ich bin gespannt, was es sagt.
Es wird schweigen. Nichts peinigt schlimmer.
Pater, hatte Kain Angst oder ein schlechtes Gewissen?
Kain hatte Angst.
Aber Gott hat sie ihm wieder genommen; denn Kain sollte erkennen; und Angst macht blind.

Stimmt. Nur Sie vergessen den Preis: Er wurde als behüteter Mörder kenntlich gemacht.
Das setzt einen verständnisvollen Richter voraus.
Was wenig besagt. Die Geschworenen stellt die Gesellschaft; *sie* will das Sühnopfer haben; daher das Zeichen an Kain.
Und was heißt es genau?
Der Mörder soll leben. Er hat die Instanzen durchlaufen; geht mit ihm um.
Welche Instanzen.
Ihre Aufzählung besagte wenig. Sie sind über einen langen Weg hin verteilt.
Für den ich Konzentrationsfähigkeit brauche und Zeit.
Ihre Logik ist sehr anpassungsfähig.
Das unterscheidet sie von der Logik der Männer. Es ist dunkel geworden, Pater; kommen Sie jetzt?

DER VERRÄTER

Sie wollten mich sprechen.
Bitte nehmen Sie Platz. Unser Büro ist leider ein bißchen eng.
Wo darf ich den Teddybären hier hinlegen.
Vielleicht zu der Eisenbahn da.
Hübsche Kinderzeichnungen.
Selbstporträts. Schauen Sie hier: Peter.
Der Kraftprotz platzt ja mal wieder aus allen Nähten.
Und hat er sich nicht einen wunderbaren Ballonkopf verpaßt?
Rund und bunt wie die Welt.
Ein ausgewogenes Kind.
Sie haben eigentlich einen schönen Beruf.
Sagen wir: einen, bei dem man beteiligt sein muß.
Sie Glückliche. Ich bin Dekorateur.
Peter findet das himmlisch.
Als Kind hätte ich auch gern Schaufenster dekoriert. Heute habe ich zu Kleiderpuppen und Pralinenschachtelattrappen eher ein etwas gebrochenes Verhältnis.
Schön, daß Sie sich vor Peter davon nichts anmerken lassen.
Er kennt meine Skrupel. Er redet mir heftig zu, bei der Stange zu bleiben. Wenn man ein Schaufenster schmückt, meint er, schmückt man die Welt. Den Konsumzwang, den man da anheizt, beiseite gelassen, ein unwiderlegbarer Satz.
Peter ist sehr weit für seine fünf Jahre. Wir haben hier alle den Eindruck, er wird ernst genommen zu Hause.
Sogar, wenn er Quatsch macht. Und den macht er glücklicherweise recht oft.
Da kommt er bei uns hier natürlich ein bißchen zu kurz. Bei zwanzig Kindern in der Gruppe nimmt man leicht Zuflucht zu einer Pauschale.
Den Eindruck habe ich eigentlich nicht. Ich hab Ihnen ein

paarmal zugesehen, bevor ich Peter abgeholt habe. Ich finde Ihre Herzlichkeit zu manchen Kindern eher selbstmörderisch. Sie übertreiben ein wenig. Ich versuche jedem Kind in meiner Gruppe die Gewißheit zu geben, es kann sich auf meine Anteilnahme verlassen. Das ist alles.
Es ist mehr. Ich seh es an Peter. Sie setzen sich einem ziemlichen Risiko aus: Sie investieren in Zugvögel.
Wärme vielleicht.
Das hieße, Sie frieren.
Ich hätte gern selber ein Kind. Sicher hängt es auch damit zusammen.
Kein Zweifel für mich.
Sie reden, als wären Sie schwanger.
Die Liebe zu einem Kind hebt diese elende Vater-Mutter-Grenze Gott sei Dank auf.
Ja; man sollte versuchen, beides zu sein.
Das Kind drängt uns in ein Rollenverhalten. Aus dem müssen wir raus.
Und wie macht man das?
Indem man dem Kind die Biologie abgewöhnt. Zärtlichkeit wohnt auch im Kopf.
Nur, wie holt ein Mann diese neun Monate ein?
Es muß kein Verdienst sein, ein Kind so lange im Dunkeln zu lassen.
Aber es ist *gerne* da drin. Sein Geschrei, wenn es raus muß, beweist es. Und wer wartet da draußen? –: Der Vater als Helligkeits-Schock.
Um so wichtiger für die Eltern, dieses Schwarzweiß-Schema jetzt zu unterlaufen: *Sie* muß sich mit der Sonne verbünden, *er* mit der Nacht. Bis der neue Diktator die Elternliebe als Tagundnachtgleiche begreift.
Ich stelle es mir angenehm vor, mit Ihnen verheiratet zu sein – falls Sie zugleich auch Pragmatiker sind.
Ich kann gar nicht anders. Ohne Kind tauge ich nichts. Da sind mir die Tage einfach zu grell. Da verliert man ja all die so mühsam erworbene Dunkelheit wieder. Buchstäblich für

nichts. Denn ich mache mir natürlich nichts vor: Es kommt die Zeit, da blendet einen der eigne Partner, bis er einem in seiner erleuchteten Einsamkeit genauso unerträglich vorkommt, wie man sich selber wahrscheinlich.
Sie haben aber schrecklich weit vorausgedacht, was Peter betrifft.
Ich übe den Notfall. Obwohl ich befürchte, daß Sie als Kindergärtnerin in punkto Abschiednehmen bestimmt besser trainiert sind als ich.
Es geht. Was Substanz kostet, sind die Wahlverwandtschaften. Wenn ein solches Kind geht, das ist schlimm. Da hilft auch kein Training.
Mein Vater war immer dafür, einen Laubfrosch, ein Meerschweinchen nicht länger als ein halbes Jahr zu behalten. Im Prinzip ist das richtig. Man neigt zum Festhalten. Was man lernen muß, ist Loslassenkönnen. Aber wie kann man? Man liebt doch.
Die Sache würde erträglicher, wenn man sich nicht auf einen Widerhall kaprizierte.
Da kann ich mein Liebesbedürfnis ja *gleich* als Sozialfall deklarieren. Warum setze ich denn auf ein Kind? Warum laß ich es mir denn nicht genug sein mit meinem Partner? Weil das Kind mir helfen soll, mit meiner Lebenstrauer fertigzuwerden. Es soll meiner Zufalls-Existenz einen Sinn suggerieren. Dafür liebe ich es.
Das sind *Sie.* Und Ihre Frau –?
Ich schreibe meinem Partner nicht vor, wie ich ihn möchte.
Und wie möchten Sie ihn.
Auf jeden Fall anders als mich.
Sie meinen, Sie ähneln einander zu sehr?
Was Peter angeht, fast hundertprozentig.
Da muß man Sie wirklich beide bewundern. Man merkt ihm nichts davon an.
Das wäre auch arg. Wir verstehn unsern Egoismus so, daß er sich ausschließlich auf uns selber bezieht. Peter bleibt draußen; unsre Beharrungswünsche tangieren ihn nicht.

Aber *ist* das dann auch noch Liebe? Gehörte er nicht eigentlich mit *rein* in den Kreis?
Natürlich. Deshalb *bleibt* er ja draußen.
Sie sind wirklich ein schwieriger Fall.
Es ist die Liebe, die einen schwierigen Fall aus mir macht.
Wirklich schade, daß Ihre Frau nicht mitkommen konnte.
Peter hat seine anhängliche Phase. Da geben wir ihn ungern in ein andres Milieu. Die Folge: Einer ist immer gezwungen, bei ihm zu bleiben.
Darf ich Sie in diesem Zusammenhang etwas sehr Persönliches fragen?
Da es um Peter geht, gern.
Wir wundern uns hier, wie selten er über seine Mutter spricht. Ja, eigentlich redet er *nie* über sie. Noch nicht mal, wenn man ihn nach ihr fragt.
Sicher wird Ihnen aufgefallen sein, wie oft er statt dessen den Terminus ›meine Eltern‹ verwendet. Er sieht uns als Einheit; er trennt uns da nicht.
Das mag stimmen, was Ihre Frau betrifft. Auf *Sie* bezogen, stimmt es *nicht.* Denn über *Sie* redet er ständig.
Das haben wir schon häufig gehört. Wir führen es auf meinen Beruf zurück. Kürzlich hat er mir assistiert, als ich eine Spielzeugausstellung aufgebaut habe. So was setzt natürlich Akzente.
Gar keine Frage. Andererseits hat es dann aber auch wieder ein Freund oder Bekannter von Ihnen ihm *so* angetan, daß er den jetzt beinah ebenso häufig erwähnt.
Sicher meinen Sie Willy.
Ja.
Dann werden Sie bestimmt auch mitbekommen haben, wie schwer es ist, mit Willy zu konkurrieren. Er ist Lagerist. Versetzen Sie sich in Peter: Da rast dieser Willy auf seinem Gabelstapler in den Lagerhallen herum und baut aus Känguruschwanzsuppenbüchsen Pyramiden auf, die selbst die der alten Pharaonen unter sich lassen.
Dann sind *Sie* es, der ihm immer diese Geschichten erzählt?

Wir sind es beide. Es hängt damit zusammen, daß wir unsre Freunde und Bekannte gebeten haben, Peter ihre Berufe in einigen Stories plausibel zu machen. Da Erzählenkönnen jedoch bekanntermaßen Glückssache ist, sind wir jetzt ständig zum Ausschmücken verdammt.
Wobei ›Willy‹ ganz offensichtlich noch am besten abschneidet.
Seine Favoriten hat jeder.
Und Ihre Frau –? Sie ist doch anscheinend auch berufstätig; oder –?
Nun gelingt es natürlich nicht mit *jedem* Beruf, Peters Interesse zu wecken. Willy hält da einsam die Spitze.
Nur, warum decken Sie Peter dann so mit Phantasie ein? Genügen Ihnen die realistischen Grundmuster nicht?
Die kommen bei Peter nicht so recht an. Wenn man ihn für einen Fahrstuhlmechanismus interessieren will, bleibt einem gar nichts weiter übrig, als die Aufzugskabine auch mal das Hausdach durchschlagen und von einem Polizeihubschrauber erst wieder aus den Wolken zurückholen zu lassen.
Ach, das ginge ja noch. Doch Sie verzerren ja auch die Personen; Sie machen uneruierbare Fabelwesen aus ihnen.
Das ist Peter, der das besorgt. Denn *so* interessant ist schließlich keiner, daß Kinderphantasie ihn nicht erst aufwerten müßte.
Nur, wie soll man auf ein Kind noch eingehen können, das sich ständig hinter ganzen Bataillonen von Phantasiegeschöpfen verschanzt? Das überrollt einen doch. Das kriegt man doch gar nicht mehr richtig zu fassen.
Sie meinen, wir sollten Peter – wie heißt das schöne Wort? – umweltbewußter bedienen?
Darf ich deutlicher werden? Peters Phantasie wirkt manchmal fast krankhaft. Ich habe mir schon überlegt, ob ich Ihnen nicht raten sollte, mal einen Therapeuten aufzusuchen mit ihm.
Vielleicht sollte man da aber doch erst mal kurz zu klären versuchen, was Sie unter ›krankhaft‹ verstehen.

Etwa, wenn er allen Ernstes behauptet, seine Eltern würden nachts im Garten einen Toten begraben.
So abwegig erscheint mir das gar nicht. Vor vier Wochen ist sein Goldhamster gestorben. Da haben wir die Gelegenheit wahrgenommen, ihm die Endgültigkeit des Todes durch ein lampionverbrämtes Begräbnis nahezubringen – oder zu mildern, ganz wie Sie wollen.
Sehen Sie sich doch bitte einmal diese Zeichnung hier an.
Die ist von Peter. Das ist sein unbekümmerter Strich. Und da ist auch, gleich zweimal, der runde Kullerkopf wieder; womöglich noch bunter als der von seinem Selbstporträt da.
Er sieht eben *auch* seine Phantasielieferanten in Ihnen.
Ach. Sie haben ihn seine Eltern zeichnen lassen.
Die Aufgabe war *allen* Kindern gestellt.
Darf ich mich auch mal im Interpretieren versuchen?
Gern.
Die Figuren sind beide gleich groß, gleich dick. Man könnte sie austauschen. Das spricht für die Einheit, als die er uns sieht.
Ja. Und das geht bis in die Kleidung hinein –: Beide tragen Sie Hosen.
Sie betonen das so.
Es ist ungewöhnlich. In diesem Alter benötigt das Kind, wenn es zeichnet, zur Charakterisierung der Mutter fast immer den Rock.
Er hat uns eben einander angeglichen. Als Junge wird er seinen Eltern kaum Röcke anmalen; schließlich spielt er ja auch nicht mit Puppen.
So kann man es sehen. Und schauen Sie hier. Noch eine Abweichung. Alle Kinder haben die Elternfiguren mit leeren Händen gezeichnet. Nur Peter nicht.
Richtig. Wir halten da was. Ein Strich mit einem verwackelten Kreis unten dran sagt mir allerdings vergleichsweise wenig.
Peter hat jedem von Ihnen noch einen Spaten gegeben.
Jetzt zwingen Sie mich, *Ihre* Phantasie zu bewundern.

Ich wüßte es auch nicht, wenn Peter nicht seinen Kommentar dazu gegeben hätte. Sie heben eine Grube aus. Wenn Sie das Blatt hochkant halten, können Sie auch erkennen, wofür; oder besser: für *wen.*
Da ist was angefangen worden. Eine Art Rohr.
Ein Ärmel. Beziehungsweise ein Arm.
Stimmt. Da sehen ja auch schon die fünf Fingerstriche heraus.
Und damit kam er zu mir. Wie man einen Toten malt, wollte er wissen.
Eine knifflige Frage.
Nicht wahr.
Sie sehn mich so erwartungsvoll an –?
Ich hoffe, ich verletze Sie nicht, wenn ich Sie jetzt um eine Erklärung bitte, Herr Theunert.
Mich –?
Ich hätte gern auch Ihre Frau gefragt.
Sagten Sie nicht, Peter hätte sein Bild kommentiert?
Ich fürchte eben nur, seine Erklärung ist zu diffus, um sie gelten zu lassen.
Und wenn Sie sie mir trotzdem verrieten?
»Die Eltern begraben den Garry«, hat er gesagt.
Ich habe Ihnen doch von unserem Goldhamster-Begräbnis erzählt.
Ja. Nur, daß Peters Goldhamster nicht Garry hieß, sondern Max.
Sie sind gut informiert.
Ein Kind, das einen Toten zeichnen möchte, den seine Eltern nachts im Garten begraben, fragt man, Herr Theunert.
Da kann man nur hoffen, daß jetzt nicht gleich ein Polizist aus dem Aktenschrank steigt.
Wenn es Sie beruhigt –: Ich war mit Peter allein.
Um an den Namen Garry zu kommen, müssen Sie ihm aber ziemlich zugesetzt haben.
Sie meinen, weil Sie ihn präpariert hatten, nicht über diesen ›Garry‹ zu reden?

Wenn man ein Kind für voll nimmt, nimmt es voll Anteil.
Wir halten es daher für legitim, Peter, was unser Privatleben angeht, in einigen Punkten Verschwiegenheit nahezulegen.
Es tut mir leid, daß ich Ihnen da entgegengearbeitet habe; aber bestimmt nicht aus Neugier. Ich mag Peter einfach zu sehr.
Ich weiß, daß Sie ihn mögen. Wir haben dieses Thema vorhin ja gestreift.
Darf ich verbessern? –: Wir haben es *berührt.* Denn meine Fragen nach Ihrer Frau beispielsweise hatten vor allem damit zu tun, daß Peter mich als vollwertigen Mutterersatz akzeptiert. Daher auch sein Vertrauensbeweis, ein so streng gehütetes Geheimnis zu teilen.
Garry *ist* kein Geheimnis. Garry war unser Freund.
Verzeihen Sie, aber die Vergangenheitsform verwirrt jetzt eher, als daß sie erklärte.
Sie rücken uns da aber arg nah, liebes Fräulein.
Ich weiß nicht, ob Sie es mir glauben werden: Ich habe richtig Angst vor dieser Unterredung gehabt.
Offengestanden, ich habe nicht *ganz* diesen Eindruck. Ich möchte mich daher darauf beschränken, Ihnen mein Unbehagen zu signalisieren.
Klären Sie die Situation; dann ist uns beiden geholfen: Wie kommt Peter auf die Idee, seine Eltern ihren Freund Garry begraben zu lassen.
Sie haben vorhin Peters Phantasie kritisiert. Warum setzen Sie sie jetzt mit der Wirklichkeit gleich?
Weil Garry Peters Eltern etwas angetan hat. Es gäbe Gründe für die, Garry übelzuwollen.
Sagen Sie, was Sie wissen.
Peter sprach von Verrat.
Er hat recht.
Ich bedaure, aber Sie müssen deutlicher werden. Ich kann doch diese Zeichnung hier nicht mit der Bitte weiterreichen, die erforderlichen Nachforschungen anstellen zu lassen.
Mit anderen Worten: Sie würden es tun.

Ich sollte Sie vielleicht doch noch einmal darauf aufmerksam machen, wir haben es hier mit einem Kind zu tun, das uns gefährdet erscheint.
Sagen Sie bitte nicht ›uns‹. Sie haben Peters Problem doch zu Ihrem gemacht.
Sie geben also zu, daß er eins hat.
Ich gebe zu, Sie haben mich in eine Sackgasse laviert. Übrigens auch meinen Freund Willy. Denn wir leben zusammen.
Ich hab es geahnt.
Ich habe es gemerkt. Aber wir versuchen unsere Schutzbehauptungen so lange wie möglich aufrechtzuerhalten. Das hat sich in vielerlei Hinsicht bewährt.
Wir waren bei Garry.
Garry wohnte bei uns. Wir sind gut miteinander ausgekommen.
Bis Peter auftauchte.
Ihr Einfühlungsvermögen läßt Rückschlüsse auf eine starke innere Beteiligung zu. Ist das richtig?
Das ist richtig. Wie sind Sie eigentlich an Peter gekommen?
Nun kann man nicht direkt sagen, der Ton Ihrer Frage löste einem die Zunge.
Ich kenne gut ein halbes Dutzend heiler Familien, die sich seit langem um ein Adoptivkind bemühen. Ich könnte mir denken, es hat vielleicht *damit* zu tun.
Das wäre eine Erklärung. Sie müssen mir aber *noch* eine geben. Bitte, was ist eine ›heile Familie‹?
Zumindest setzt sie eine handfeste Ehe voraus.
Dann bin ich beruhigt. Genau um *die* handelt sich s hier.
Trotz Garry –?
Nehmen wir an, Sie wären verheiratet.
Woher wissen Sie, daß ich es *nicht* bin.
Dafür erwirbt man sich einen Blick. Nehmen wir ferner an, eine Freundin, die Ihnen nahsteht, ist seelisch schlecht dran, und Sie könnten ihr helfen, indem Sie sie zu sich nähmen. Würde das Ihre Ehe infragestellen?
Natürlich *nicht*.

Garry war nach einem halben Jahr völlig verwandelt. Alle seine Depressionen waren verschwunden. Sein Selbstbewußtsein regenerierte sich; ja, es fing sogar an, ins Gegenteil umzukippen: Er wurde empfindlich, wenn er glaubte, daß wir ihn nicht genügend berücksichtigt hätten. Wir besorgten ihm eine Stelle als technischer Zeichner. Er war voll in unser Leben integriert. Da starb meine Schwester.
Die Mutter Peters.
Ihr Instinkt leitet Sie richtig. Peter ist kein eheliches Kind. Einen ›Vater‹ hat es nur bei der Zeugung gegeben. Da meine Schwester und ich uns sehr mochten, hat sie mich testamentarisch zu Peters Vormund bestimmt. Er war anderthalb Jahre, als er zu uns kam.
Verzeihen Sie –: Und die Behörden –?
Für die Behörden bin ich über meinen Schatten gesprungen.
Ob Sie mir das ein wenig verdeutlichen können?
Gern. Willys Schwester ist ein sehr kameradschaftliches Mädel.
Sie haben sie für Ihre Frau ausgegeben?!
Ich habe sie geheiratet.
Nein.
Danke für Ihre Bestürzung. Wir sind natürlich längst wieder geschieden. Und sie ist auch nie in Peters Leben in Erscheinung getreten, denn er sollte sich ja an mich und an Willy gewöhnen.
Sie hatten also von vornherein vor, Peter zu sich zu nehmen.
Wir waren so versessen auf ihn, daß wir meiner Schwester schon x-mal angeboten hatten zusammenzuziehen. Es lag an Willy, daß es nicht klappte; *seine* Schwierigkeiten mit Frauen sind größer als meine.
Und wenn Ihre Irreführung der Behörden *nicht* zum gewünschten Erfolg geführt hätte?
Für diesen Fall hatten wir drei Alternativpläne ausgearbeitet. Um Ihnen einen ungefähren Eindruck des Ernsts unserer Bemühungen um Peter zu geben: Wir hatten unter anderem vor, notfalls fluchtartig, nach Brasilien auszuwandern, wo Willy Verwandte hat.

Geplante Kindesentführung.
Sie wissen selber, es fällt nicht allzu schwer, Sie da, in Peters Interesse, überzeugend zu widerlegen.
Garry allerdings scheint Ihnen *trotzdem* einen ziemlichen Strich durch die Rechnung gemacht zu haben.
Irre ich mich oder hörte ich da so etwas wie Genugtuung aus Ihrer Frage?
Mir fiel nur ein, Sie sagten, daß ein Dritter Ihrem Bündnis nichts anhaben könnte.
Wie fein neutralisierend Sie ›Bündnis‹ sagen. Garry *hat* unsere Ehe auch nicht tangiert. Er hat uns nur mal wieder bewiesen, daß man als Normverletzer auf dem Sprung bleiben muß. Sie werden zugeben, keine unbedingt neue Erfahrung.
Sie sagten, er hat Sie verraten.
Er hat sich an uns für Peters Desinteresse gerächt. Peter hatte keinen rechten Zugang zu ihm. Garry war einfach zu ichbezogen. Trotzdem oder gerade deshalb hat er sehr um Peter geworben. Aber Peter verträgt Aufdrängen nicht. Es macht ihn störrisch; er wendet sich ab. Garry verstand das nicht. Er legte es uns als Beeinflussung aus. Es gab Streit, den wir, in Peters Interesse, damit beendeten, daß wir Garry baten, sich von uns zu trennen.
Was er zum Anlaß genommen hat, die Behörden zu informieren.
Sie haben eine beschauliche Art, den Begriff Denunziation zu umschreiben. Glücklicherweise verfügen wir beide über ein bißchen Menschenkenntnis. Das heißt, wir waren natürlich sofort wieder prophylaktisch in Deckung gegangen und hatten unser bewährtes Verteidigungssystem renoviert. Genau rechtzeitig. Als der Vertreter des Jugendamts, zusammen mit der Kinderpsychologin erschien, hatte Willys Schwester gerade ihre Koffer wieder fertig ausgepackt und machte als Hausfrau und Mutter die gewünschten Honneurs.
Und Garry –?
Garry mußte sich von der Rechtsabteilung des Jugendamts belehren lassen, daß er sich strafbar mache, wenn er seine ver-

leumderischen Beschuldigungen wiederhole. Erfreulicherweise war er inzwischen stabil genug, das leidlich verkraften zu können.
Nur –: Wie kann es dann zu dieser dekuvrierenden Zeichnung hier kommen? Bei allem Phantasiereichtum Peters, aber ein Kind setzt sich jetzt doch nicht einfach hin und malt, ohne äußeren Anstoß, wie seine beiden Bezugspersonen nachts im Garten einen Toten begraben!
Wie vorsorglich Sie von ›Eltern‹ auf ›Bezugspersonen‹ umgestiegen sind.
Gelten Ihre Informationen oder gelten Sie nicht?
Sie gelten, mein liebes Fräulein. Genauso wie gewisse Prinzipien. Wir tun alles für einen Freund. Aber wenn dieser Freund uns verrät, dann ist er für uns gestorben. Und das *äußern* wir auch.
Sie wollen damit sagen, Peter hat diesen Ausspruch wörtlich genommen.
Ganz sicher. Und er hat ihn bestimmt *mehrfach* gehört. Denn Garry hat ständig Vermittler geschickt. Er ist ein lieber Junge; dauernd wollte er sich wieder mit uns vertragen.
Und Sie glauben tatsächlich, daß ein Kind, ohne inneren Schaden zu nehmen, den angeschnittenen Problemen und Spannungen in Ihrem Lebenskreis gewachsen bleibt auf die Dauer?
Ich finde, die Art, wie Peter seine Goldhamster-Begräbniserfahrungen mit unserem gemeinsamen Garry-Erlebnis verbindet, das zeigt, er hat hier absolut richtig geschaltet und ist also auch in nichts überfordert.
Sie geben aber zu, so eine Kinderzeichnung hat auch Beschwörungs-Charakter.
Zweifellos.
Das heißt, wenn ein Kind etwas derart Abseitiges zu bannen versucht, hat es davor auch Angst.
Sie folgern jetzt nicht; Sie unterstellen, mein Fräulein. Sie kennen Peter. Wir waren uns über seine Ausgewogenheit einig. Er *hat* keine Angst.

Er verdrängt sie. In dem hochgereckten Arm des Toten hier auf der Zeichnung taucht sie unbewußt wieder auf.
Er hat Sie gefragt, wie man diesen Toten malt. Statt es ihm unbefangen zu sagen, haben Sie mich gezwungen, Sie Einblick in meine Intimsphäre nehmen zu lassen. Sie wollen doch jetzt sicher nicht behaupten, Peter wäre damit geholfen?
Nein. In *dieser* Sphäre wird Peter bestimmt nicht geholfen.
Ich verstehe.
Aber bitte nicht falsch.
Unbesorgt. Ihr persönliches Engagement läßt erst gar nicht zu, daß man Sie bürgerlicher Prüdheit verdächtigt.
Ich engagiere mich hier, weil mir Peters Gefährdung, die ich bisher nur geahnt hatte, von Ihnen in vollem Umfang bestätigt worden ist.
Ich sehe das anders. Sie haben Pläne mit Peter, nicht wahr? Sie sehen, ich nehme Sie als Gegnerin ernst, sonst hätte ich, statt von Plänen, von Wünschen gesprochen.
Wenn Sie damit andeuten wollen, ich überlege mir, ob Peter bei Adoptiveltern oder einer Pflegemutter nicht besser aufgehoben wäre, haben Sie recht.
Und wenn wir die Adoptiveltern jetzt einfach mal wegließen? Käme *das* Ihren Ambitionen nicht noch am nächsten?
Wie –: Das verstehe ich nicht.
Mein liebes Fräulein, ich weiß selbstverständlich genauso wie Sie, daß Peter in Ihnen seine Ersatzmutter sieht. Er liebt Sie, und Sie lieben ihn. Das haben wir uns doch mehrfach bestätigt.
Also, gut: zugegeben. Schließlich, was wäre rein rechtlich, und vor allem psychologisch, dagegen zu sagen, wenn Peter in einer versierten Kindergärtnerin, die selber gern ein Kind hätte, aber keins kriegen kann, jetzt *die* Bezugsperson zur Mutter erhielte, die er sich ja im Grunde selber schon ausgesucht hat?
›Rein rechtlich‹ und ›psychologisch‹, wie Sie es so schonend andeuten, wäre dagegen wohl kaum was zu sagen.
Und wohl doch erst recht nicht, wenn man die ungewöhn-

liche Umwelt Peters einmal zukunftsprojektiert und als Ganzes betrachtet. Ich meine: Was soll aus diesem Kind einmal werden –?
Eine Frage, die auch meinen Freund Willy und mich ungeheuer beschäftigt. Und Sie spüren ja: Wir investieren in Peter an Zuwendung, Verständnis und Liebe, was wir nur haben.
Das ist viel. Aber es ist nicht genug. Das werden Ihnen alle zuständigen Stellen bestätigen.
Die Sie ganz sicher bemühen würden. Sehe ich das richtig?
Ja. Ich glaube, Sie sehen das richtig.
Dann darf ich vielleicht *doch* noch schnell darauf hinweisen, daß ich auch *Sie* richtig sehe, Fräulein Konradi.
Danke. Ich mache vielleicht im Augenblick keinen sehr vorteilhaften Eindruck. Aber bitte lassen Sie sich davon nicht täuschen. Ich möchte, daß Sie sich vorstellen können, ich würde um Peter auch kämpfen.
Sogar mit einigem Recht. Denn er hat sich ja damals sehr wohl gefühlt bei Ihnen zu Hause.
Und er war auch von allen Kindern, die ich zu mir eingeladen hatte, der einzige, der nachher dableiben wollte.
Stimmt. Vor allem Ihre Freundin hatte es ihm angetan. Sie müssen ihr schon viel von Peter erzählt haben; er war ganz begeistert darüber, wie gut sie ihn kannte. Am meisten allerdings hat ihm natürlich imponiert, wie wunderbar Sie aufeinander eingespielt waren; zum Beispiel, wie sie Ihnen alles Praktische abnahm und die Kinder bediente.
Worauf wollen Sie raus.
Auf nichts Konkretes im Grunde. Ich greife nur wahllos die hübsche Puppensammlung Ihrer Freundin heraus, die neben Ihrer beider Ehebett aufgebaut ist. Sie werden es sicher nicht gemerkt haben: Auf dem Rückweg von der Toilette ist Peter nämlich mal in Ihr Schlafzimmer gewitscht. Sie kennen ja seine Neugier. Wir haben ihn wirklich selten so begeistert erlebt, wie an jenem Nachmittag. Immer wieder hat er es wiederholt.
Was.

»Stellt euch vor: Die leben genauso nett zusammen wie ihr!«
Verloren.
Eins zu eins, würde ich sagen.
Werden Sie Peter jetzt aus dem Kindergarten nehmen?
Ich bitte Sie. Um wen geht es denn hier? Doch nicht um *uns.*

EIN DRESSURAKT

Schnell; hier durch n Hausflur.
Wo geht s n da lang.
Runter in n Keller.
Scheiße, krieg n Arm nich mehr hoch.
Geben Se acht, daß s Blut nich runtertroppt. Nachher ham die ne Spur.
Red jetz nich lange.
Stufen, Vorsicht.
Gibt s hier kein Licht?
Lieber nich.
Aber willst doch wohl nich, daß ich in einen von den Bretterverschlägen hier rein soll!
Nich doch. Da –: Kucken Se mal.
Is n das.
Alter Luftschutzkeller.
Feine Falle, so mit der Stahltür.
Verirrt sich kein Aas mehr hierher.
Und wenn doch –?
Könn ja wieder raus auf die Straße. Daß die Polente Sie schnappt.
Los, hilf mir; schaff das nich mit dem Arm.
Na, bitte: sogar Licht.
In dem Loch bleib ich keine Stunde.
Immer langsam. Erst mal verpusten.
Ist das n Sofa da hinten?
Sieht so aus.
Mensch, ich sag dir, das sticht –!
Hier, so schließt man ab: Lasche runter und zack.
Krieg ich das auch allein wieder auf?
Na, erst mal bin *ich* ja noch da.
Widerlich sieht das aus. Kuck dir an –: Alles voll Blut.

Kugel noch drin?
Zum Glück nur n Streifschuß gewesen.
Verbind s Ihnen nachher.
Warum nich gleich.
Kann jetz nich rauf. Die ham doch bestimmt die Schüsse gehört. Da fragen die mir n Loch in den Bauch.
Und wenn se dich suchen? Hast doch bloß n Mülleimer runtergebracht.
Hab gesagt, würd hinterher ne Freundin besuchen.
Gib bloß acht, sag ich dir.
Ich wart, bis se fernsehn. Da rührn die sich nich.
Könntste mir Rasierzeug mitbringn?
Na, aber doch höchstens n Tag alt, Ihr Bart.
Bartstoppeln machen mich krank.
Ich find, Sie sehn gut aus so.
Sau dir n Pulli nich ein, wenn de dich hier neben mich setzt.
Wirklich –: Bart würd Ihnen stehn.
Komm, hör auf damit.
Ganz schön empfindlich, Sie.
Du bist n Mädel, du kennst das nich.
Was.
's Gefühl, wenn man glattrasiert is. Plötzlich haste Wangen wie n Kind.
Na und. Sind doch n Mann.
Nenn mich nich ›Mann‹!
Nu, nu; beruhigen Se sich.
Also, werd noch mal verrückt mit dem Arm.
Sie brauchen n neues Jackett.
Du merkst tatsächlich auch alles.
Mal sehn, vielleicht klau ich Ihnen eins.
Wär nich schlecht.
Warum haben die eigentlich geschossen auf Sie.
Bloß das elende Kino dran schuld. Ich hätt nich reingehn solln; hatt gleich das Gefühl.
Was n für n Kino.
Na, bin doch mit der Kleinen in ›Schneewittchen‹ gewesen.

Mit welcher Kleinen.
Verhörst du mich hier?
Ich unterhalt mich mit Ihnen.
Und wenn de mal rauskucktest? Die Meute hat sich doch bestimmt längst verpißt.
Die Polypen sind gründlicher; bestimmt suchen die noch.
Sie war blond. Die Sonne hat ihr in n Nacken geschienen: Sah hübsch aus; ganz weiß und flirrig.
Wo ham Se se n getroffen.
Na, auf m Kinderspielplatz.
Was denn: Einfach so mitgenommn?
Quatsch. Mach ich nie.
Ach, Sie gehn öfter auf Spielplätze?
Kenn die wie meine Hosentasche.
Und was is, wenn mal n Mädel nich will?
Mädchen, die nich wolln, laß ich zufrieden.
Und *die* hat gewollt?
Erst ham wir gebuddelt. Dann fing se an mit den Zwergen. Wenn uns die Fraun nich dauernd beobachtet hätten, hätt ich s ihr auszureden versucht.
Wie alt war se n?
Sechs oder sieben.
Ältre mögen Se *nich* ?
Ich red jetzt von *der.*
Wollt Sie auch nich unterbrechen.
Wir ham ne Taxe genommn. Eine von den Zutraulichen gewesen, die Kleine. Gleich sich an mich geschmiegt.
Was ham Se n so mit ihr gemacht.
Na, was schon. Gestreichelt. Sie an mich gedrückt.
Und –?
Was ›und‹?
Schon alles?
Ich mach *nie* mehr mit Mädchen.
Sind se *alle* so klein?
Mit acht is es meistens schon weg.
Was.

Das Puppige. Das Zarte. Das Weiche. Daß se s gern ham, wenn man se streichelt. Daß se ein nich verpetzen. Daß se nich losbrülln.
Schon mal passiert?
Sag doch –: Im Kino.
Ach, herrje. Ham Se ihr wehgetan; oder was –?
Hat n Schreck gekriegt. Vor dem Jäger. Der will doch Schneewittchen erstechen.
Richtig gekreischt –?
Und wie. Bloß, das Schlimme war: Ich dacht, s wär meinetwegen gewesen. Hatt se nämlich grade an mich gedrückt; schon deutlich ihr Herz schlagen hörn. Daran hätt ich s eigentlich merken müssen.
Was ham Se n gemacht.
Ihr n Mund zugehalten. Aber davon is es nur schlimmer geworden. Hat gekeucht und gestrampelt und um sich geschlagen.
Mist. Und die Leute natürlich sonst was gedacht.
Durch die Bankreihe ging s noch. Aber dann ham se s Licht angeknipst.
Sind Se gerannt –?
Konnt nich. 'n Rudel von gut m Dutzend Fraun sich auf mich gestürzt. Ich wär gelyncht worden, hätt ich nich mein Messer gehabt.
Einfach so dazwischengestochen?
Genügt meistens, daß man s nur zieht. Hab s auch bis zum Ausgang geschafft. Bloß, da ging die Hetzjagd dann los. Na, und dann die Polizeistreife noch.
Eben doch immer n ziemliches Risiko, so mit den Kleinen.
Gib auf den Arm acht. Rutsch lieber nich so dicht an mich ran.
Wie alt schätzen Se n *mich* ?
Keine Ahnung.
Is Ihnen zwölf schon zu alt?
Wozu.
Zum Mögen.

Hat doch nichts mit m Alter zu tun. Ich mag dich, weil de mir geholfen hast.
Na, n *doller* Grund is das nich.
Laß man; gefällst mir auch so.
Wie ›so‹.
So, wie de bist.
Und wie bin ich.
Anders als andre Mädchen mit zwölf.
Erklärn Se mir das.
Du siehst kindlicher aus.
Hübscher – ?
Auch.
Und was noch.
Na, eben jünger.
Könnten Se sich vorstelln, Sie reden mich *auch* mal so an auf m Spielplatz?
Glaub, ich halt das nich mehr aus mit m Arm. Ob de s nich jetz mal versuchst?
Ham Se auch Durst?
Ziemlich.
Vielleicht find ich noch ne Coca im Eisschrank.
Vergiß nich s Rasierzeug.
Gefällt dir mein Pulli?
Schöne Farbe. Braun steht dir.
Mein jetz mehr s Material.
Wolle – ?
Faß doch mal an.
Schön weich.
Nich.
Ich hatt mal n Teddybärn. Der hat sich auch so angefaßt; allerdings war er aus Plüsch.
Stört s dich, daß ich schon Brust hab?
Aber nee; gar nich.
Und warum biste dann eben so zusammengezuckt?
Mußt an den Teddybärn denken.
Komm, lüg nich.

Laß mich doch endlich zufrieden.
Den Satz sollteste dir gut überlegen.
Wo willst n hin?!
Hab noch ne Menge zu tun.
Schnapp doch nich ein. Setz dich.
Ich denk, du hälst s mit m Arm nich mehr aus –?
Geht schon noch.
Na, gut. Erzähl von dem Teddy. Hast n gemocht?
Mein Liebling gewesen. Hab n immer in s Bett mitgenommn.
Wie alt warst n.
Fünf.
Und da willste behaupten, du zuckst heut noch wegen so m Plüschding zusammn?!
Hör auf, so von ihm zu reden.
Ich red, wie ich will.
Aber nich über mein Teddy.
Also gelogen; hab s doch gewußt.
Ich *hab* nich gelogen.
Dann sag, was los war mit ihm.
Ich kann nich.
Schön.
Du sollst hierbleiben!
Ich *soll* –?
Bitte bleib hier.
Ich heiß Conny.
Bitte, Conny, bleib hier.
Sagste s?
Geb mir Mühe.
Dann los.
Sie hat n verbrannt.
Wer.
Meine Mutter.
Wieso; war er kaputt?
Ganz neu noch; hab n immer geschont.
Aus Versehn? Oder hat se s mit Absicht gemacht –?

Aus Rache. Dabei hab ich se doch retten wolln vor dem Kerl.
Hat er was mit ihr gehabt?
Hatt mich unter m Bett versteckt, um s rauszukriegen. Extra noch den Teddy mit runtergenommn.
Und –?
Bin schließlich eingeschlafen da unten. Wie ich wieder aufgewacht bin –
Was is n? Was zitterst n so?
Ihr Keuchen. Ich krieg ihr Keuchen nich aus m Kopp.
Biste dazwischengegangn?
Ich wollt. Aber hab n Weinkrampf gekriegt.
Mensch. Und die dich natürlich entdeckt.
Entdeckt und zusammengeschlagen. Dann hat se mir n Teddy weggerissen und n in n Ofen gesteckt. Damit ich n Denkzettel hätt.
Heul nich; komm, komm.
Träum alle paar Nächte von. Immer steht se nackt vor m Ofen und schmeißt n in s Feuer. Ich kann reinkucken; ich seh, wie er brennt.
Erwachsne sind Bestien.
Am schlimmsten sind Fraun.
Ich werd keine; wetten?
Kannste nich aufhalten.
Klar kannste. Bist du etwa n Mann?
Na ja, wenn de s *so* siehst –
So seh ich s.
Aber du denkst schon. Du nimmst dir was vor. Die Kleinen sind einfach bloß niedlich. Ihr Köppchen is leer.
Eben. Das mein ich. Und deshalb könn se dich auch nich verstehn.
Niemand versteht mich besser als sie. Die wissen noch, was Zärtlichkeit is. Die kannste herzen und streicheln. Die schmiegen sich an dich. Die ham noch Vertraun.
Weißte eigentlich, daß de ganz schön undankbar bist?
Wie kommste n darauf.
Überleg mal.

Aber hab dir doch gesagt, daß ich dich mag!

Ja. Weil ich dich hier versteckt hab. Weil de auf mich angewiesen bist. Aber sonst –?

Hätt dich auch *so* nett gefunden, bestimmt.

Die Platte hatten wir vorhin schon mal drauf.

Kannst mich ja mal besuchen. Ich hab Puppen, falls de die magst.

Setzt voraus, daß de nich geschnappt wirst inzwischen. Oder willste tatsächlich ne Pause einlegen mit deinen Spielplatzbekanntschaften?

Ich will nich, daß de über die Kleinen so redst, als ob s Erwachsne wärn!

Schon mal nachgedacht drüber, daß deine Mutter *auch* so n liebes, süßes Pummelchen war –?

Laß die Frau raus hier. Ich haß sie zu sehr.

Was de natürlich auch umdrehn kannst: Alle die süßen Pummelchens wern mal so n fieses Weibsstück wie sie.

Das is nich wahr!

Hast s ja selber gesagt: Ab acht is es aus. Da fangn se an, Frolleins zu wern; da wern se eitel. Da wern se berechnend; da sind se gemein.

Bestimmt nich gemeiner als du.

Du siehst nich, daß ich ne Ausnahme bin. Hat dich vielleicht n Mädel schon mal so gut verstanden wie ich?

Du nutzt aus, daß ich gesucht werd; das is alles.

Das nimmste zurück.

Laß mich in Ruh.

Ich glaub, du hast was vergessen.

Du sollst mich in Ruh lassen!

Weißte, was ich meine? –: Daß es ne Kleinigkeit für mich wär, dich hochgehn zu lassen.

Stop. Wo willste n hin?!

Mal sehn.

Komm von der Tür weg.

Das Messer steckste doch wohl ganz schnell wieder ein.

Von der Tür weg, hab ich gesagt!

Statt einfach bloß n bißchen lieb zu mir zu sein.
Du bist schlimmer als meine Mutter. Du ekelst mich an: Los, weg da.
Sag bloß, du willst raus jetz.
Auf jeden Fall bin ich schneller draußen als du.
Draußen is hell. Is noch nich mal sieben Uhr.
Ich zähl bis drei. Bei vier stech ich zu.
Dann muß ich s dir *doch* sagen.
Was.
Daß de sofort fällig bist draußen.
Eins –
Weißte, weshalb?
Zwei –
Wegen dem Bild.
Wegen was für m Bild.
Dem auf der Zeitung. Dein Foto. Nich gesehn –? Hängst an jedem Kiosk.
Du lügst. Das haste dir ausgedacht.
Ach. Und warum hab ich dich vorhin wiedererkannt? Und warum ham sich die Fraun im Kino gleich auf dich gestürzt?
Was mach ich jetz bloß.
Erst mal steckste das Messer ein. – So.
Nu hab ich auch noch Fieber gekriegt. Mensch, warum haste mich bloß so fertiggemacht?!
Ich?! Du machst mir Spaß. Weißte, was ich schon die ganze Zeit wollt? –: Dir meine Puppe verehrn. Nennste *das* ›fertigmachen‹? Wo ich *so* nett zu dir bin? Schließlich s Liebste, was ich überhaupt hab.
Ich will keine Puppe. Schon gar nich von dir.
Wetten –: Wenn de die siehst, biste hin: Blond; echtes Haar; groß wie ne Fünfjährige; genau richtig zum Knudeln.
Kann man se umziehn? Hat se Gardrobe?
Alles da.
Also, ansehn könnt ich se mir ja mal.
Werd se in ne Decke einwickeln. Daß se keiner sieht auf der Treppe.

Könntste noch n Kissen mitbringn? Daß ich n Arm drauflegen kann?
Wie sagt man?
Bitte.
Na, also.

DER UNTERMIETER

I.

He, Sie.
Wie komm Sie n hier rein?
Nich, Sie sind der Friedhofsinspekter?
Bin ich, Frollein.
Hätt Se gern n Momentchen gesprochen.
Aber beeiln Se sich. Ich erwart ne Trauergesellschaft.
Mir is nich gut. Kann ich mich setzen?
Nehm Se den Sessel.
Schön Dank auch.
Glas Wasser vielleicht –? Schuß Bullrichsalz rein –?
Hat nischt mit m Magen zu tun.
Wolln Se nich wenigstens den Schuhkartong abstelln so lang?
Nee, nee; lassen Se man. Is ja nich schwer.
Ganz wie Se wolln. Sagen Se mal, kenn wir uns nich?
Glaub, ja.
Sie arbeiten in der Kranzbinderei.
Hab da gearbeitet.
Nanu.
Die ham mich gefeuert.
Na, na. 'n Mann hinter, stimmt s?
Mehr n Kind.
Also *doch* n Mann.
Nich doch; hab ja gar kein.
'n Kind ohne n Mann?
Na, wenn er abgehaun is –?!
Und was soll *ich* da nu jetz?
Dacht, Sie wärn mir behilflich vielleicht.
Und wieso grade ich?
Weil s tot is, Herr.

Was.
Gott, s Kind!
Ach so –: Sie wolln n Begräbnis anmelden.
Ja. Is wegen Heini, daß ich Sie stör.
Warum sagen Se n das nich gleich.
Dazu isses zu neu.
Totenschein ham Se doch –?
Wo hab ich das Ding.
Ob ich Ihnen jetz nich doch mal den Schuhkartong abnehm?
Lassen Se n los!
Nu, nu.
Wo der bloß is, der Fetzen. Vorhin hab ich n doch noch gehabt.
Das is n Dokument, Frollein. Da kann eklich was schiefgehn, wenn Se das mal verliern.
Ah, hier. Hab s doch gewußt.
Das soll n Totenschein sein?! Wie sieht n der aus?!
Na ja, Wenn man s dann schriftlich hat, da krampft s ei'm eben *doch* die Finger zusamm.
Was denn –: ›Geburtstag siebenter neunter sechsundsiebzig‹ steht hier –?
Was falsch an der Eintragung?
Na, aber das is doch das Datum von heute!
Hat ja auch heut Geburtztach, der Junge.
Also, das – Ich mein, das konnt man natürlich nich wissen.
Um drei ham die Wehn angefang. Gegen siem isser gekomm.
Halb acht war er tot.
Tja.
Ganz friedlich dagelegen. Bloß n bißchen blau im Gesicht.
Wenn Se mal reinkucken wolln?
Wo rein.
Jetz geht doch wieder der Knoten nich auf!
Ich versteh recht: Sie ham s da in dem Schuhkartong –?
Wo sollt ich s n *sonst* reintun?
Na, in n Sarg.
'n Sarch kost Geld.

Sie bestelln n Begräbnis und haben kein Geld –?!
Bißchen gespart hab ich *schon*. Bloß, das is für Wäsche draufgegang. Und für Spielzeuch und so. Hörn Se –? Das is die Rassel. Hab se ihm reingepackt. Also, wenn doch bloß der Knoten aufging!
Lassen Se n um Gottes willn zu.
Wollt Ihn ja nur zeigen, wie ich s hergerichtet hab. Daß Se nich von mir denken –
In nem Pappkartong mit ner Rassel zusamm! Sie sind wohl von allen guten Geistern verlassen.
Noch nich. Noch hab ich n ja bei mir, den Jungen. Wenn ich mir auch nischt vormach: Nich mehr lang, und ich muß mich auf ne saubre Art von ihm trenn.
Aber Sie glauben doch wohl nich im Ernst, daß Se hier n Begräbnis kriegen – ohne Sarg und Bezahlung?
Nee –?
Hörn Se zu, Frollein: Wir ham Vorschriften. Klar?
Na, schön; auf n Paster kann man verzichten zur Not. Aber n Stückchen Erde müßt doch übrich sein. Oder –?
Hier geht s nich um Erde. Hier geht s um Korrektheit.
Dacht, daß man s so m Wurm n bißchen erleichtert.
Sie sollten lieber n bißchen anne Pietät denken, Frollein.
Kommt noch. Erst mal den Jungen unterbring.
Aber nich hier, Sie. Und nu entschuldigen Se mich; da kommt die Trauergesellschaft.

II.
Hach, was für n schönes Begräbnis!
Freu mich, daß es Ihn gefällt.
So viel Schwarz –! So n gütiger Paster –! Und all die Kränze da auf m Sarch –! Da is Liebe mit bei; sieht man gleich.
Kann man wohl sagen. Was *mich* angeht, jedenfalls.
Sehn Se, sehn Se.
Aber warum sind Se n so traurich, Frollein? Ham Se denn die Tote gekannt?
Nich direkt.

Und wieso komm Se dann mit?
Bloß so.
Aber nett von Ihn.
Nich doch, Herr.
Lassen Se man. Hab mich zwischen denen hier nämlich schon ganz schön mulmich gefühlt.
Na, aber sind doch Ihre Verwandten.
Nee; die von meiner Frau.
Jeses –! Dann is das da in dem Sarch –
Ja. Da liecht Meta jetz drin.
Ich heiß Erni.
Angenehm. Metzlaff, mein Name; Konditer von Haus aus. Hab Kränze geflochten.
Kränze –
Scheißjob, kann ich Ihn sagen.
Logisch. Ja immer auch Stechpalme mit bei.
Genau. Ich mein: Nischt gegen Handarbeit. Is man ja gewöhnt, nich.
Nee, aber was zu hart is, is zu hart.
Ham Se recht.
Ich arbeit gern in mei'm Beruf. Bloß, ohne Meta nu jetz –
Kann s jedem nachfühln, wenn er denn so allein is wie Sie.
Sie sind n Mensch, Frollein.
Da is ne Leere in ei'm, wie ne Bahnhofshalle, so groß. Das dröhnt beim Gehn, als wollt s ei'm die Schläfen wegsprengen; und jeder Knochen tut weh.
Sie wissen aber verdammt gut Bescheid.
Lernt sich, Sie.
So; da wärn wir.
Ganz schön fetter Humus. Kucken Se mal: anne Grabkante da.
Kunstück, hier auf m Friedhof.
Auch wieder wahr.
Komm Se mal n bißchen beiseite.
Müssen Se denn nich dichter ran an die Kute?
Nee, nee, lassen Se man.

Na, aber Sie wer'n doch wissen wolln, was der Paster jetz sacht!
Schon beim Kaffee gelesen: Kokelores. Alles vonne Verwandtschaft diktiert.
Mann, brauchen Se denn kein Trost –?!
Kindchen, von wem denn? Meta is doch tot.
Sie ham se sehr geliebt.
Meta war n Fels. Auf die konnt man baun.
Also, gut sieht das *nich* aus.
Nee: Einfach so inne Erde. Weg damit; plautz.
Hat se mitgearbeitet?
Jeden Morgen die erste inne Backstube gewesen. Als erstes hat se immer die Mäuse gefüttert. Mit Streusel.
Jetz fängt er an.
Daß so n Paster nie Hemmungen hat. Dauernd offne Gräber; schlaucht ein doch, so was.
Aber nich, wenn Se religjös sind.
Sind Se s?
Denn wär ich s ab heute *gewesen*.
Schaff den Dreh *auch* nich. *Nu* schon gar nich.
War *sie* s?
Bißchen.
Sehn Se –: Auch nischt genutzt.
Aber ruhich isse gewesen.
Na, hörn Se. Dazu brauch ich doch nich erst Kürchensteuer bezahln.
Also, *ich* hätt ganz schön Manschetten.
Für ein selber doch gar kein Problem. Das Problem is, wenn s den andern erwischt; den, wo man liebt.
Das isses. Allein schon, wasse gearbeitet hat. Muß man doch alles allein machen jetz.
Arbeit schmiedet mächtich zusamm.
'n wahres Wort.
Hab *auch* erst gedacht, daß ich mit ihm arbeiten könnt. Aber er konnt s nicht vertragen, daß ich mich auch auf die Freizeit mit ihm gefreut hab.

Wer.
Sein Vater.
Sie schütteln dazu den Kartong –?
Muß Sie was fragen.
Immer fragen Se.
Der Kartong hier –: Is der sehr groß?
Direkt groß isser nich, nee.
Würd beinah sagen, ehr klein.
Also, *so* klein isser nu *auch* wieder nich.
Na, schön: ›Winzig‹ wär kleiner.
Objektief isser mittel.
›Mittel‹ is schon wieder zu groß.
Jedenfalls isser nich groß und nich klein.
Und viel Platz nähm er ja dann auch nich weg, stimmt s?
Nee, viel nich.
Praktisch fast gar kein.
Nu ja; wie man s nimmt.
Nehm wir ne Kiste; Art Schrank.
Da kriegen Se fuffzich rein von der Sorte.
Ich mein, wenn se sozusagen fast voll is.
Gott, wenn Se n quetschen –
Also, für quetschen wär ich eigentlich *nich*.
Was is n drin.
Wie soll ich Ihn das erklärn.
Was Wertvolles? Ich mein, weil Se n so zugeschnürt ham.
Da is das Wertvollste drin, was ich hab.
Schmuck –?
Seh ich so aus?
Sie sehn aus, als könnten Se ehr alles andre gebrauchen.
Dabei hätt ich nischt mehr, als grad *das* hier gebraucht.
Na, aber Sie ham s doch.
Ja und nein.
Also, da komm ich jetz nich mehr ganz mit.
Sagen wir so: Was is n *Ihr* Wertvollstes, hm?
Meins? Das heißt Meta und liecht da im Sarg.
Und meins heißt Heini, und ich hab s hier in dem Kartong.

III.

So. Die Muschpoke is weg. Wir wolln uns beeiln.

Wirklich n wunderbares Begräbnis gewesen. Und wie se Ihn alle die Hand geschüttelt ham. Also, nee. Wie für Heini geschaffen.

Wat denn, Herr. Ick denk, det is Ihre Frau, wo da drin liecht in n Sarch.

Isse auch. Bloß, wir hätten da noch ne Bitte an Sie, Herr Erdbeweger.

Immer raus mit. Wenn t keen Unding is: Ick laß mit mir reden.

Die Sache is so. Das Frollein hier –

Ich hab nämlich *auch* n Todesfall zu beklagen.

Tut ma leid.

Hier, hab s in dem Schuhkartong drin.

So winzich? Det kann doch höchstens siem Monate sind.

Genau auf n Tach.

Ach, und det wolln Se nu –

Ja: Zu meiner Frau mit reintun; genau.

Hm.

Sie hätt s uns mit Kußhand erlaubt. Wollt ja *selber* immer eins ham.

Inne Vorschriften steht nischt von drinne, det et *un*erlaubt wär.

Kommt ja auch sicher nich *all*zuoft vor.

Bestimmt nich, Erni.

Dotenschein ham Se doch –?

Wolln Se n sehn?

Lassen Se man. Ick seh Ihr Jesichte. Da is et ooch drinne bescheinicht.

Sie sind n Kenner.

Wo, dachten Se denn, det ick et hinpacken soll?

Na, Fußende etwa.

Der Sarg is ja reichlich.

Jut. Ick hops ma eben inne Jrube.

Danke, Herr Metzlaff. Jetz kriegt er n richtigen Sarch.

Is gern geschehn, Erni.
Ja; Menge Platz drinne noch. Hörn Se am Ton. Wenn ma drankloppt.
Sach ja: Hab n extra geräumich genomm. Meta hat Enge *nie* leiden könn. Immer die Fenster aufgerissen. 'n Mensch, für den Luft n Geschenk war.
Der Arzt sacht, wenn man n beatmen gekonnt hätt, wär er vielleicht noch am Leben gebliehm.
Also, wer mal n Deckel abhebn. Kommt ooch keener –?
Niemand zu sehn. Machen Se nur.
Gott, is Ihre Frau aber schön!
Ja, nich? Sieht man eigentlich jetz erst so richtich.
Und so ne wundervolle Person, die –
Nischt zu machen, Frolleinchen. Wer lebt n schon ewich? Doch höchstens der Dot.
Schwer was gegen zu sagen, Erni.
So; nu jeben Se n ma her, den Kartong.
Könnt man allenfalls gegen sagen, daß man ja nich die Ewichkeit wollt. Siebzich, achtzich Jahr für den Jungen hätten dicke gereicht.
's Leben reicht *nie*, Frolleinchen. Zuletzt is n Tach genauso zu kurz wie n halbes Jahrhundert.
Zuletzt. Und zuerst –?
Denken Se an die sieben Monate, Erni. Ham Se sich da manchmal gefreut oder nich?
'türlich hab ich mich gefreut. Und was meinen Se, wie ich mich erst heut morgen gefreut hab, als es dann kam.
Und –? Zählt Vorfreude, zählt Hoffnung denn *gar* nischt?
Muß ich erst noch mal nachdenken drüber, Herr Metzlaff.
Wolln Se n sich ooch noch ma ankieken, Frollein?
Trau mich nich mehr.
Doch. Zeigen Se n uns. Sie müssen n sich doch einprägen, Erni; sind Se ihm schuldich.
Also, schön.
Vadammt, da ham Se aber n Knoten jezwirbelt, Frollein! Kann ick die Strippe zerschneiden?

Aber passen Se bloß auf!
Unbesorcht. So. Jotteken, wat für n durchsichtjet Wesen!
Als ob s schläft.
Und noch nischt gesehn vonne Welt. Hätt ich nich nachgekuckt, ich wüßt noch nich mal, was für ne Augenfarbe s hat.
Was hat s n für eine.
Meine.
Blau also. Wie n Ansichtspostkartenhimmel. Und so n Unschuldslamm, das –
Macht hin, Leute. Komm sonst mit de Zeit nich zurecht. Jibt hier schließlich noch *mehr* offne Jräber.
Tja. Denn tschüß, Heini. Wär schön geworden mit dir.
Mach s gut, Meta. Danke für alles. Gibts hier n Lokal?
Schräch jejenüber; ne Kneipe.
Komm Se, Erni. Mir is nach m Grog.
Könnt man gebrauchen jetz, ja.

IM GEHÄUSE

Also, ich geh dann.
Schließ ab. Auch das Sicherheitsschloß.
Ja. Und laß das Telefon klingeln.
Ich leg wieder die Kissen drauf.
Gut.
Oder erstickt es davon?
Es lebt doch nicht, Anna.
Manchmal ist Atem drin.
Atem dessen, der anrief.
Aber es ist Blut in der Leitung.
Kind, ich werde immer ganz traurig, wenn du so sprichst.
Ich sprech so, weil es so ist. Ich hör es doch rauschen.
Warum nimmst du den Hörer ab.
Weil ich Verbindung brauche nach draußen.
Du rufst jemand an?
Es ist viel los in der Luft. Alle reden und summen. Man braucht gar nicht zu fragen, man ist immer gemeint.
Deine Welt ist hier drin. Du bist nur in dieser Wohnung geborgen.
Ich will ja nicht raus. Ich will hören, was ich versäume.
Nichts; wie oft soll ich es dir noch sagen.
Warum sagst du es mir dann so oft?
Um dich zu trösten.
Wenn ich geborgen bin, wieso brauch ich dann Trost?
Du weißt nicht *immer,* wie gut du es hast.
Wenn es draußen schlecht für mich ist, muß es deshalb hier drin noch nicht gut für mich sein.
Nenn es erträglich; damit wär ich auch schon zufrieden.
Und all die Möbel, die mich belauern?
Fang nicht schon wieder an.
Warum hat das Vertiko Raubtierfüße.

Es ist alt. Früher hat man das so gemocht.
Ich hab mich schon als Kind vor ihm gefürchtet.
Als Kind hast du dich vor allem gefürchtet.
Weil du mich immer mit all dem Dunkel alleingelassen hast.
Zum hundertsten Mal, Anna: Es war Krieg. Man durfte kein Licht machen, wenn die Flugzeuge kamen.
Aber *du* bist in den Keller gegangen.
Du weißt, es war Pflicht, in den Luftschutzkeller zu gehen; stell dir vor, sie wären mich holen gekommen.
Zwischen dem Gerümpel in der Besenkammer hätten sie mich bestimmt nicht gefunden.
Aber sie hätten den Grund wissen wollen, warum ich nicht komme.
Du hast nie gewußt, was hier oben geschieht. Du weißt es heute noch nicht.
Die Wohnung war immer freundlich zu uns; und sie ist es auch damals gewesen; damals erst recht.
Du hast den Kleiderschrank nie seine Flügel aufklappen sehen.
Er hat keine, Anna.
Du bewahrst in ihm die Dunkelheit auf, die du tags hier verteilst. Du möchtest, daß ich erschrecke, um deinen Beistand nötig zu haben.
Kind, so darfst du nicht reden. Aber ich muß wirklich jetzt los; der Rentenschalter wird in einer halben Stunde geschlossen.
Wann kommst du zurück.
Ich kauf nur noch ein bißchen was ein.
Nimm dir Zeit. Ich bin gerne allein. Ich möchte nachdenken können.
Aber hab ich mich dir denn jemals aufgedrängt, Anna?
Immer. Dauernd klopfst du an meine Tür.
Ich muß mich erst daran gewöhnen, daß du dich einschließt.
Red dich nur raus. Du willst mir mein Zimmer abspenstig machen. Meinst du, ich weiß nicht, daß du jede Nacht dein Ohr an den Türrahmen preßt? Aber mein Atem hält zu mir;

er verrät mich nicht. Und wenn du mir noch so viel Dunkelheit durch s Schlüsselloch bläst.
Bitte hör auf, mich ständig mit Dunkelheit in Verbindung zu bringen; ich halt das nicht aus.
Tu doch nicht so. In keinem Zimmer wird es jetzt so früh dunkel wie in meinem. Woran liegt denn das?
Dein Zimmer ist das einzige, das nach Osten geht, Anna; und von dort her *kommt* nun mal die Nacht.
Wie du das weißt. *Dann* aber auf unschuldig tun. Warum nimmst du deinen Schatten nie mit, wenn du einkaufen gehst? Ich werde es dir sagen. Weil er auf mich aufpassen soll. Du hast Angst, ich unternehme irgendwas gegen dich und glaubst mich so unter Kontrolle halten zu können.
Sprich nicht von Angst. Sprich von Vertrauen. Ich liebe dich doch. Du bist doch mein Kind.
Ich *bin* nicht krank. Ich seh genau, wie dein Schatten jetzt neben dir liegt. Das hast du absichtlich gemacht. Aber darauf fall ich nicht rein. Los, geh. Mein Zimmer beschützt mich vor ihm.
Ich geh nur, wenn du dich wieder beruhigst.
Du hast gut reden. Du hast die ganze Wohnung im Rücken.
Es ist *unsere* Wohnung, Anna; sie gehört uns beiden.
Alle Räume lauern auf mich. Und die Besenkammer ist der schlimmste von allen. Ihr Dunkel hat seinen Auftrag noch lang nicht vergessen.
Laß diese Kammer. Die Wohnung ist groß. Groß und gemütlich. Du kannst dich ungehindert in ihr bewegen.
Keine der Steckdosen mag mich. Die Standuhr frißt mir die Zeit weg. Ich behalt keine Minute für mich.
Das redest du dir ein. Wir haben die Zeit stillstehn lassen: Die Wohnung ist eingeschworen auf uns. Alles hier liebt dich. Jeder Stuhl, jeder Tisch hat dich aufwachsen sehen. Immer sind die Teppiche zärtlich zu deinen Füßen gewesen.
Ja; weil du auf sie eingeschlagen hast unten im Hof; du hast sie dressiert. Und nie hat mal ein *andres* Kind auf diesen Stühlen gesessen. Immer nur ich.

Es ist nicht meine Scheu, die das verhindert hat, Anna. *Du* warst es, nach der wir uns richten mußten. Und du willst ja noch nicht einmal *heute* Besuch. Sogar dem Maler, den der Hauswirt bestellt hat, haben wir absagen müssen.
Farben sind erst im Herbst schön.
Hast du die Blätter schon in s Herbarium geklebt, die ich dir mitgebracht habe?
Manche haben Adern, als wären es Hände. Die vom Ahorn vor allem. Wenn sie welken, krampfen sie sich wie Krallen zusammen. Sie kratzen am Himmel, daß die Engel rausfallen. Überall siehst du Füße und Hände.
Deine Ungeduld wird dir noch leid tun.
Ich will nur, du sollst deine Träume vergessen.
Ich träum auch von Fledermäusen mit Scheinwerferaugen; auch von Flugzeugen, die mit Fell bespannt sind und keinen Motorlärm machen.
Wir wollten nie wieder von Flugzeugen reden.
Du solltest überhaupt weniger reden. Du drängst dich zu oft in meine Gedanken.
Nur, wenn du sie von deinen Träumen nicht trennst.
Meine Träume gehören mir auch.
Du weißt, daß ich dir nichts wegnehmen will.
Du lügst. Dauernd möchtest du rein in mein Zimmer.
Ich möchte dich davon abbringen, daß du dich einschließt; kannst du das nicht verstehen?
Du wolltest weggehn.
Ja, ich muß mich beeilen. Leg dich ein wenig hin zwischendurch. Schmieg dich in das schöne neue Kissen. Denk an die zarten Daunen darin.
Neulich hat wieder eine Taube vor m Fenster gesessen.
Tauben sind liebe Geschöpfe.
Tauben sind schrecklich. Sie hat den Kopf schiefgehalten und mit ihrem Blick ein Loch in die Gardine gesengt.
Es war sicher vorher schon drin. Warum stopfst du es nicht.
Ich brauch es, um raussehn zu können. Sie besprechen sich; sie wollen rein. Manche haben sich mit Fledermäusen

gepaart; man sieht es an ihren Krallen. Andre haben Raubvogelköpfe.
Ich glaub, ich werde hierbleiben, Anna. Notfalls schicken sie die Rente auch mit der Post.
Nicht nötig. Ich werde mich wehren. Mein Zimmer beschützt mich.
Du sollst so etwas nicht sagen. Niemand tut dir hier was.
Eines Tages werden sie mit ihren aufgepumpten Brüsten die Fenster eindrücken. Dann kommt es drauf an: Sie oder ich.
Bitte, Anna.
Warum hast du diesen Schleier am Hut.
Ich hoffe, ich wirke jünger durch ihn.
Stört dich das Gitter nicht vor den Augen?
Mich hat noch nie was gestört, das mich schmückt.
Mich hat noch nie was geschmückt. Aber es gibt viel, das mich stört.
Du solltest jetzt in dein Zimmer gehn. Ich kauf *morgen* ein.
Ich geh nur schnell die Rente abholen.
Hat Vaters Zimmer vergitterte Fenster gehabt?
In einer Geschlossenen Abteilung sind die Fenster *immer* vergittert.
Dann kommt der Tod doch nur zerstückelt herein.
Sag nicht so furchtbare Sachen.
Wieso ist er trotzdem gestorben?
Du weißt doch, Anna; es ist ein Herzschlag gewesen.
Ich hab viele Herzschläge. Warum sterbe *ich* nicht davon?
Dein Vater war ernstlich krank; da war auch sein Herz angegriffen. *Du* bist nur gefährdet zum Glück.
Ich war s schon als Kind, nicht wahr.
Du bist es eigentlich immer gewesen.
Bei jedem Klingeln in die Besenkammer gerast. Warum hast du mir eigentlich nicht damals schon das Zimmer gegeben?
Im Zimmer hätte dich jeder gefunden. Auf den Gedanken, in der Besenkammer zu suchen, wäre niemand gekommen.
Dabei *war* ich gar nicht krank.
Nein. Du hattest ›nur‹ Angst.

Das Schlimmste ist das Klingeln gewesen.

Du weißt, daß wir es abstellen wollten. Aber das Klopfen dann hat dich noch ärger erschreckt.

Sie wollten rein. Alle wollen sie rein. Aber ich hab die Schere bereitgelegt, die große. Ich stech zu, wenn sie kommen.

Ich bleib hier, Anna. Ich laß dich so nicht allein.

Aber es klingelt auch, wenn du weg bist. Sie warten nur drauf. Sie verstellen sich. Sie rufen durch den Briefschlitz, daß sie was zu verkaufen hätten, daß sie der Lumpenmann wären.

Du lauschst; das ist falsch.

Ja. Denn sie lügen. In Wirklichkeit blicken sie rein. Ihr Blick geht durch die Wände hindurch. Ich riech es, wie er die Tapetenblumen verbrennt. Sie wollen mich hypnotisieren; ich soll abgeholt werden.

Versteh doch endlich: Das hab ich dir *damals* sagen müssen; da warst du ein Kind. Du durftest doch keine Unvorsichtigkeiten begehn, wenn ich nicht da war.

Immer hast du mir eingeredet, ich wär krank.

Du wolltest mit andern Kindern spielen. Du wolltest mit in den Keller. Du wolltest spazierengehn. Es hätte doch, bei deinem Zustand, keine Woche gedauert, und du wärst mir weggenommen worden und in eine Anstalt gekommen.

Ernst sagt: »Was krank ist an Ihnen, hängt damit zusammen, daß man Sie hier wie eine Gefangene hält.«

Wer ist Ernst.

Eine Stimme.

Wessen Stimme.

Die eines besonnenen Mannes. Er ist eine Ausnahme. Er sagt, wenn er könnte, würde er mich retten.

Wovor.

Vor dir.

Das ist ungeheuerlich. Wer ist dieser Enst.

Der Briefträger. Stell dir vor, wie behutsam er war: Er hat nicht geklingelt und nicht geklopft. Er hat mich gerufen: »Anna!«

Wie darf dieser Mensch so mit dir reden.

Er hat mir ein Einschreiben durch den Briefschlitz geschoben; es war an dich adressiert. Er wollte wissen, ob ich den Absender kenne.
Aber er weiß doch, wann ich einkaufen gehe!
Eben.
Von wem war er, der Brief.
»Sie werden es nicht glauben«, sagt Ernst. Aber ich glaub es; ich weiß es sogar: Der Brief ist von Vater gewesen.
Dein Vater ist tot.
Und der Brief –?
– ist vom Bruder deines Vaters gewesen; ihre Handschriften ähneln einander.
Du lügst. Der Absender war gedruckt. Es war Vaters Anwaltsbüro. Nur, daß es jetzt nicht mehr hier, sondern in Frankfurt ist.
Ich halte es deinem Zustand zugute, daß du so zu mir sprichst. Und gegen diesen ›Ernst‹ werde ich Anzeige erstatten. Wie kann so ein Briefträger dich in dem schrecklichen Irrtum bestärken, dein Vater hätte geschrieben!
Ich sag doch: Er mag mich.
Er hat dich doch noch nicht *ein*mal gesehn.
Ernst sagt: »Ich seh Sie genau. Ich hab Sie mir schon oft vorgestellt. Sie sind blaß, schmal. Ihre Augen sind lichtempfindlich. Sie haben schulterlanges, schwarzes Haar; an den Schläfen wird s grau. Dabei sind Sie noch jung.«
Du bist achtunddreißig. Da siehst du mal, wie er lügt.
Er kommt wieder, sobald du einkaufen gehst.
Nicht mehr lange, mein Kind.
Dann brech ich hier aus.
Anna.
Ernst sagt: »Ich hab oft nachgedacht über Sie. Alle im Haus kennen Sie; aber niemand hat Sie gesehen; auch keiner meiner Kollegen. Ich versteh nicht, wie Sie so leben können. Sie sind für mich der normalste Mensch, den ich kenne.«
Kind, daß du normal bist, wissen wir alle. Dein Zustand ist seelisch bedingt.

Ernst sagt: Meine Krankheit wärst du.
Das ist unglaublich. Du wirst zugeben müssen, daß man das nicht auf sich beruhen lassen kann.
Du wirst nichts gegen Ernst unternehmen. Alle seine Nachforschungen hat er für *mich* angestellt. Wende dich gegen *mich,* wenn du kannst.
Anna, wie sprichst du mit mir.
Ernst hat sich umgehört. Alle alten Mieter im Haus erinnern sich an Vater genau. Nur von seiner Krankheit weiß keiner.
Logisch. Wir haben sie ja auch so lange wie möglich geheimzuhalten versucht. Nervenkranke und Menschen, die seelisch so stark belastet waren wie du, haben in jener Zeit wenig Aussicht auf eine fachgerechte Behandlung gehabt. Warum *mußte* ich denn dauernd solche Angst um dich haben?
Hast du Vater hingebracht oder ist er abgeholt worden?
Ich mußte einen Anstaltswagen bestellen. Er ist um drei Uhr morgens gekommen.
Wann war das.
Ich hab es verdrängt. Es ist zu furchtbar gewesen.
Du weißt die Uhrzeit und weißt nicht das Jahr?
Ich weiß nur, daß es Herbst war. Es hat Nebel in den Straßen gestanden.
War es, als nachts immer die Flugzeuge kamen?
Es muß davor gewesen sein.
Eben. Sonst hätte ich mich doch erinnern müssen. An die Flugzeuge erinnre ich mich doch *auch.*
Hör mit den Flugzeugen auf!
Wo war *ich* in der Nacht.
Du lagst im Bett und schliefst. Du warst noch sehr klein.
Wie klein.
Ich sag dir doch, Anna: Ich weiß es nicht mehr.
Du weißt es. Du hast ein gutes Gedächtnis; das hast du immer gesagt.
Moment; ich denke nach.
Verstell dich nicht. Los.
Neunzehnhundertvierzig. Oktober.

Da bin ich anderthalb Jahre gewesen.
Ja.
Warum wolltest du dich eben nicht an diesen Lebensabschnitt deiner Tochter erinnern? Hast du ein schlechtes Gewissen?
Wie kannst du so etwas sagen! Ich hab dich in *jeder* Lebensphase parat.
Auch in der, als ich Nacht für Nacht, zwischen Scheuertüchern und Bohnerwachsbüchsen, zitternd vor Todesangst auf dem Bauch lag, wenn die Flugzeuge kamen?
Auch in *der,* Anna.
Du hast Scheinwerferaugen wie meine Traumfledermäuse: Deine Blicke reichen vom Keller bis hier rauf in die Wohnung.
Ich bin jedesmal sofort wieder raufgekommen.
Ja. Wenn alles vorbei war.
Es gab keine andere Lösung, Anna. Glaub es mir doch. Und es sind ja auch nicht *nur* die Flugzeuge gewesen, die dir diese Angst eingeflößt haben. Du warst *immer* schon so.
Du meinst, ich hab es von Vater geerbt?
Ganz sicher.
Du lügst.
Anna, nimm das zurück!
Vater war gar nicht krank. Er ist auch nicht abgeholt worden; Ernst hat sich erkundigt. Alle sagen dasselbe.
Ja, merkst du denn nicht, wie dieser Mann sich vor dir interessant machen möchte?
Er möchte mir helfen. Er sagt, von September bis November neunzehnhundertvierzig, sagen die Leute, hast du unter Aufsicht gestanden.
Die Leute übertreiben. Wie immer.
Sie sagen, einer im Haus hat dem Blockwart gemeldet, daß du nachts mal einer jungen Frau aufgemacht hättest. Sie trug einen Stern am Mantel. Sie ist Jüdin gewesen.
Ja und.
Sie hat ein Bündel mit Sachen bei dir gelassen. Als man dich verhört hat, kam raus, es ist Vaters Sekretärin gewesen.

Er hatte sie ein halbes Jahr vorher wegen seiner Krankheit entlassen. Es ging ihr schlecht; sie hat sich Geld borgen wollen.
Die Leute sagen, du hast zu Protokoll gegeben, er hat sie entlassen, weil sie Jüdin war.
Eine Schutzbehauptung. Das mußte ich machen, um deinen Vater zu decken. Er war durch seine Krankheit ja genauso gefährdet wie sie.
Du hast die Schere verdient. Als man dich daraufhin unter Beobachtung stellte, ergab sich, du lebtest schon über ein Jahr lang von Vater getrennt.
Gut. Bedank dich bei deinem Ernst, wenn du mich jetzt zwingst, dir die Wahrheit zu sagen.
Was hat Ernst damit zu tun? Ich werde mich bei der Wahrheit bedanken.
Das wirst du dir überlegen. Denn sie ist furchtbar für dich.
Furchtbarer als dieses Gefängnis?
Anna!
Rede.
Du willst es: Dein Vater hat mich verlassen, weil ich kein Kind kriegen konnte.
Du bist nicht meine Mutter?!
Nein.
Ich hab es geahnt. Ich hab es geträumt. Ich hab es gehofft.
Eines Tages wirst du dich dafür entschuldigen, was du da eben gesagt hast.
Du hast mir nichts mehr zu sagen. Wer ist meine Mutter.
Sie.
Vaters Sekretärin –? Die junge Frau mit dem Stern –?!
Esther; ja.
Wo ist sie.
Tot; gestorben in einem KZ. Anderthalb Jahre danach.
*Wo*nach.
Nachdem dein Vater sie entlassen hatte. Nachdem er sie von einem Tag zum andern nicht mehr angesehn hat.
Aber wie kann denn das sein?

Dein Vater war immer sehr gewissenhaft. Vierundzwanzig Stunden vorher hatten die staatlichen Schikanen begonnen, denen Esther und ihre Leute von da an ausgesetzt waren. Dein Vater wollte vermutlich ein korrekter Staatsbürger sein.
Hat es *mich* da schon gegeben?
Aber natürlich. Da bist du ein Jahr alt gewesen.
Aber warum hat Esther mich zu dir gebracht? Hast du sie denn nicht gehaßt?
Ich hätte sie umbringen können. Bis zum Tag ihrer Entlassung. Von da an begann ich mich um sie kümmern. Ich hatte allerdings mehr *dich* im Auge als sie. Denn *noch* habe ich deinen Vater geliebt.
Du hofftest, daß er zurückkommen würde, wenn du mich annähmst?
Ja. Die Rechnung ging sogar auf. Ich hatte dich ihm so anpreisend geschildert, daß er zu einer Besichtigung kam. Allerdings fiel sie negativ aus.
Er wollte nicht mehr mit dir zusammenleben?
Im Gegenteil. Er hat mir ausdrücklich diesen Vorschlag gemacht. Er sagte, wir brauchten ja nicht wie Eheleute miteinander umzugehen; entscheidend wäre, nach außen hin diesen Anschein zu wahren. Nach dem Fehltritt mit dieser Jüdin – ein Zitat, Anna – würde ihm die Fortführung unserer Ehe beruflich sehr nützen. Er hätte nur eine einzige Bedingung.
Sag sie.
Ich habe dir deinen Vater jetzt *so* geschildert, daß du eigentlich allein darauf kommen müßtest.
Hatte es mit mir zu tun?
Bravo, mein Kind. Weißt du, was er an dir auszusetzen hatte? Du sahst ihm ›zu jüdisch‹ aus. Er meinte, du würdest seine Karriere gefährden. An diesem Tag nahm ich mir vor, ihn in deinem Gedenken sterben zu lassen.
Aber er hat dir jetzt doch geschrieben!
Ja. Zwei Zeilen. Die Geschäfte gingen schlecht, und er wäre nicht mehr der jüngste; er könnte daher nur noch ein Drittel des monatlichen Unterhalts zahlen.

Und wieso hast *du* mich dann damals bei dir behalten? Dein Plan war doch jetzt gescheitert.
Ich traute den Kinderheimen nicht. Denn in *einem* Punkt hatte er recht: Du warst ein sehr jüdisch aussehendes Kind. So hab ich dich einfach erst mal versteckt. In der Besenkammer übrigens, falls dich der Ort interessiert.
Ich denke, du hast mich geliebt?
Aber wie stellst du dir das vor? Doch nicht *gleich*! Erst warst du mir ausgesprochen hinderlich. Außerdem hast du auch dauernd von meinen Lebensmittelkarten gelebt. Nicht gerade Sympathie fördernd, so was.
Du schlägst zurück.
Ja.
Ich freu mich auf Ernst.
– einen Wildfremden. Einen Aushilfsbriefträger, der seinen Beruf wechseln muß. Ich melde mich noch heute bei seiner Dienststelle an.
Du hast die Schere vergessen. Sie liegt mir gut in der Hand.
Droh mir nicht, Anna. Sonst muß ich dem Vorschlag des Bezirksamts zustimmen, dich in einer Anstalt unterbringen zu lassen.
Vorher würde Ernst allerdings für mich erst mal klären, wo hier die Freiheitsberaubung beginnt. Vermutlich doch schon sehr früh.
Er hat dich schlecht präpariert. Immerhin hab ich dir damals das Leben gerettet. Und das unter ständiger Gefahr. Und fast fünf Jahre hindurch jeden Tag neu. Inzwischen war nämlich *das* eingetreten, wonach du mich eben gefragt hast. Ich fing an, mich an dich zu gewöhnen. Ich begann dich zu lieben.
Und deshalb erklärtest du mich für krank? Und deshalb hast du mir auch damals schon damit gedroht, daß ich abgeholt würde?
Anna. Wie soll ich einem dreijährigen Mädchen erklären, es wird wegen seines Aussehens in dieser Wohnung versteckt? Ich fand es sicherer, daß ich dich statt dessen scheu und argwöhnisch machte. Ich mußte doch arbeiten gehn. Ich brauch-

te doch eine Gewähr dafür, daß ich dich allein lassen durfte.
Du hast mich belogen.
Was du ›belogen‹ nennst, nenn ich bewahrt.
Als alles vorbei war, bin ich fünf Jahre gewesen. Niemand im Haus hat mich gekannt. Alle dachten, ich wär eine Kriegswaise, du hättest mich adoptiert. Warum haben wir kein neues Leben angefangen? Warum hast du mich auch *jetzt* in meiner Angst noch bestärkt?
Ich hab dich nicht bestärkt; ich hab auf dich Rücksicht genommen.
Du meinst: Du hast mich auch *jetzt* noch gefangengehalten.
Erinnre dich: Worin hätte die Alternative bestanden? Das Bezirksamt wollte dich in ein Heim überweisen. Meinst du *das*?
Du hast mich an sie verraten. Sie hätten sonst nicht dauernd diesen Prüfer geschickt.
Aber uns ist doch gar nichts weiter übriggeblieben! Es war doch jetzt so arg mit dir, daß ich meine Stelle aufgeben mußte. Und der Unterhalt, den dein Vater uns zahlte, reichte doch knapp für die Miete! Wovon hätten wir denn leben sollen?
Er hat Fledermausaugen, der Prüfer. Er trägt eine Taubenfeder am Hut.
Es ist ein Psychiater. Er hat uns erst neulich wieder bestätigt, daß du Fortschritte gemacht hättest, Anna.
Du redest mit ihm von mir, als wär ich ein unheilbarer Fall.
Und du weißt auch, warum. Es geht um die Pflegezulage. Ich muß ihm vorrechnen, wieviel teurer es wäre, wenn du in eine Heilanstalt kämst.
Du hast Angst vorm Alleinsein. *Das* ist der Grund, weshalb du *meine* Angst vor ihnen so aufbauschst.
Ich muß in der Sprache derer reden, von denen wir abhängig sind. Noch nicht mal, daß du Angst hast, genügt denen da. Für deine Angst kriegen wir nichts; Angst haben viele.
Warum kommt nur immer der mit seinen Fledermausaugen? Warum sind wir nie zu einem richtigen Arzt gegangen?

Du brauchst keinen Arzt. Du brauchst Zuwendung und Pflege.

Und die *Welt*?! Warum redest du nur immer von der Wohnung und nie auch mal unbefangen von draußen? Warum haben wir kein Fernsehen? Warum bringst du mir keine Illustrierten mit? Warum läßt du den Radioapparat nicht reparieren? Warum gehen wir nicht mal ins Kino oder spazieren?

Mein Gott, prüf dich doch Anna. Was passiert, wenn du in der Zeitung ein Foto von einem Flugzeug erblickst? Wie hast du dich immer erregt, wenn im Radio die Nachrichten kamen! Wieviel Tage hattest du dich in deinem Zimmer eingeschlossen, als du am Wohnzimmerfenster Zeuge dieses Autounfalles warst? Du bist ihr einfach nicht gewachsen, der Welt.

Und warum werde ich dann dauernd bespitzelt? Warum *schließ* ich mich denn ein in mein Zimmer? Weil ich von meinen Gedanken nichts abgeben möchte. Weil ich *einmal* auch mit *mir* reden möchte.

Hindere ich dich etwa daran?

Immer. Mein ganzes Leben lang mußte ich um dich sein. Nie bist du in letzter Zeit länger als zwei Stunden weggewesen. Immer hast du auf mich eingeredet. Immer bin ich ausgefragt worden. Immer mußte ich meine Träume erzählen. Immer hast du dich zwischen mich und meine Gedanken geschoben; oft sogar nachts.

Ich kann in deinem Schweigen nicht lesen, Anna. Ich muß wissen, wie du dich fühlst. Oft schreist du im Schlaf. Einmal wärst du beinah erstickt, weil du geglaubt hast, dich unter deiner Couch verstecken zu müssen. Stell dir vor, was geschehen wäre, hätte ich *keinen* zweiten Schlüssel gehabt.

Und –? *Ist* was geschehen, seit ich ihn dir weggenommen habe?

Woher soll ich das wissen? Du läßt mich ja nicht mehr rein in dein Zimmer.

Das wundert dich noch? Hast du vergessen, wie ich dazukam, als du die Fische umbringen wolltest? Hattest du nicht schon

das Bild abgehängt, um ein Mikrofon anzubringen dahinter?
Ich hatte Staub gewischt, Anna. Und ich hab versucht, die Algen von den Aquariumscheiben zu kratzen.
Ausreden. Aber zum Glück durchschau ich dich jetzt. Ich distanziere mich von dir. Ich habe nichts mehr mit dir zu tun. Du wirst bald gar nicht mehr merken, daß ich noch da bin. Ich packe. Ich konzentriere mich auf Ernst.
Anna –
Ich bin fertig mit dir.
Eins darfst du nicht vergessen. Dein Zimmer ist eifersüchtig.
Das stimmt.
Ich hab es neulich gesehn, als du rauskamst.
Was.
Die Decke. Sie hat sich von den Wänden gelöst. Sie schwebt; sie schwebt, um niederzustürzen. Und sie *wird* stürzen: nachts; wenn dein Zimmer die Wünsche erfährt, die ihm deine Träume verraten.
Daran hab ich noch nicht gedacht.
Deshalb sag ich es dir. Es ist nämlich auch schon am Verhalten der Fische zu spüren.
Irgendwas ist anders mit ihnen; da hast du recht.
Ich hab natürlich *nicht* die Algen abgekratzt an den Scheiben; ich hab die Strahlungen gemessen, die die Fische aussenden. Sie haben sich zu einem elektrisch aufgeladenen Kraftfeld verdichtet, das sich mehr und mehr ausdehnt.
Vielleicht läßt sich die Elektrizität ableiten.
Man könnte es mit einem starken Kabel versuchen. Nur –: Wohin mit ihr dann?
Sie muß aus der Wohnung.
Das Schlimme ist nur, daß die Fische ständig neue erzeugen.
Liegt es an mir?
Du merkst es an ihren Augen. Sie starren dich an.
Das lädt sie auf.
Es ist wie mit den Tauben, Anna.
Sagtest du nicht, daß die Tauben –
Ich hab dich nicht beunruhigen wollen. Aber du weißt ja sel-

ber: Mit Augen ist das so eine Sache. Betrachte daraufhin nur mal die Tapete in deinem Zimmer.

Du meinst, in den Rosen –?

In jeder. Am Grund. Noch nicht ganz deutlich, aber es wird nicht mehr allzulang dauern.

Fisch und Taube. Diese Kreuzung ist neu.

Laß dich trotzdem nicht aus deinem Zimmer vertreiben.

Ich hab Angst.

Mußt du nicht. Kannst ja heute nacht erst mal im Wohnzimmer schlafen; morgen sehn wir dann weiter.

Ja –: Meinst du, das ginge?

Alles geht, Anna.

Verzeih, wenn ich dir unrecht getan habe, Mutter.

Aber, mein Kind –!

Mein Gott.
Sei nicht so egoistisch. Vielleicht hat er für mich *auch* noch was übrig.
Ich krieg die Augen nicht auf.
Vorsicht. Wir sitzen in lauter Scherben.
Ist es das Geschirr mit dem Zwiebelmuster?
Ja, Solveig.
Das war längst fällig.
Vieles war längst fällig.
Aber dein Gleichnis hinkt. Sie hatte Zeit. Peer Gynt kam erst, als er keine Zähne mehr hatte.
Ich hab auch mehr die Zwiebel gemeint.
Wo ist mein zweiter Schuh.
Du hast ihn ins Hochzeitsbild geschmissen.
Wir lächeln ziemlich unbedarft drauf.
Wir hatten ja auch noch was vor, an dem Abend.
Wenigstens ein Volltreffer?
Genau. Alle Sprünge gehn von meinem Gesicht aus.
Der Mann mit der Splittergloriole.
Glück und Glas.
Und ich grinse noch immer –?
Tatsächlich, so muß man es nennen.
Köstlich. Ist das Blut hier am Kinn?
Tropft niedlich aus dem Mundwinkelchen raus.
Jetzt schmeck ich s. Als kleines Mädchen hab ich in der Straßenbahn immer vorne im Anhänger gestanden. Knapp in Nasenhöhe ist eine Messingstange gewesen. Manchmal war ich so in einen Fahrgast auf dem Vorderpavillon vertieft, daß ich den Mund gegen die Messingstange gepreßt hab; schmeckte genauso.
Dir kann man wirklich nichts Neues mehr bieten.

Und wo kommt die komische Aussprache her?
Ich hab dir einen Zahn ausgeschlagen.
Daher der Durchzug. Bist du auch demoliert?
Du wärst zutiefst zufrieden mit dir.
Du keuchst so vielsagend.
Hat ein bißchen lang gedauert, das mit dem Strick.
Sag ›Kordel‹; klingt differenzierter.
Tatsächlich; gleich sieht man eine füllige Mönchstaille vor sich.
Cordula. So hätt ich gern unsre Tochter genannt.
Kinder sind Kapitulationsangebote; Ehe ist Kampf.
Glücklicherweise haben wir keine.
Nur deine idiotische Steiff-Tier-Sammlung.
Na, *etwas* muß doch hier steif sein.
Du vergißt nur: Ohne Anreiz keine Erhebung; hab da einen echten Revolutionär in der Hose.
Ich hätt dich *doch* umbringen sollen.
Hab *auch* überlegt. Aber die subtilere Art ist dann eben doch dieser Totschlag auf Raten. Man hat einfach mehr davon.
Ja. Es hat Spaß gemacht, dich zu würgen. Deine Angst war jedenfalls echt.
Unbestritten. Wie bist du eigentlich drangekommen, an dieses Ding?
Eine echte Fügung. Die Borte der Couchmatratze gewesen. Hatte mich mit der Hand drin verheddert; sie war immer schon lose.
Richtig. Ich hab dich an den Füßen runtergezerrt. Dummerweise den Schuh am rechten vergessen. Hervorragend geeignete Mode für einen gezielten Tritt ins Gesicht.
Hochhackig hab ich schon immer geliebt.
Sieht bezaubernd aus, ja. Die Fessel muß allerdings konturiert sein. Bei deinen ewig geschwollenen Gelenken wirkt ein hoher Absatz eher drollig.
Du hast mir mindestens zwei Rippen gebrochen.
Unterwerfungssymbole: Adam erinnert an seine.
Los, hilf mir hoch.

Kann nicht. Mit meinem Bein ist irgendwas los.
Du hast einen Fehler begangen; man kämpft nicht mit dem Rücken zur Treppe.
Ganz vergessen; stimmt ja: Der Sturz durch s Geländer.
Sah gut aus. Dachte schon, jetzt hätt ich s geschafft. Aber nein; du kamst noch *mal* angekrochen.
Du bist stärker als ich.
Ich hab nur die größere Angst. Als Kind hab ich mal eine Katze erwürgt. So: bloß mit den Händen.
Deine aufschlußreichsten Erlebnisse behältst du immer für dich.
Man kann auch nachpointieren.
Bloß, dann ist die Signalwirkung futsch.
Ich würd wirklich gern aufstehn.
Siehst du immer noch nichts?
Ich seh eine Menge.
Na, bitte.
Phosphorbuchstaben. Nur, ich krieg sie nicht zu Worten zusammen. Sie zucken, schweben, verschwimmen.
›Mene, Mene, Tekel, U-pharsin‹; noch bekannt?
Das kann s sein.
Sollte man dir gar nicht zutraun, diese Verbindung.
Auch mal ankucken?
Gern.
Komm hinter die Netzhaut.
Schlimm, wenn ich im Augenblick mehr für Distanz bin?
Aber nur eine Armlänge. Ich brauch dich.
Hier, trink das. Rest Wein.
Schal, aber schmeckt.
Genügsamkeit steht dir.
Warum haben wir uns eigentlich geschlagen?
Warum kommt Wasser aus der Leitung, wenn man sie aufdreht.
Vielleicht will man sich nur vergewissern, ob es noch wehtut.
Ja; man will s wissen.
Die Wahrheit des Wassers heißt Chlor.

Jede Wahrheit wird aufbereitet.
Bis man sie auskotzt.
Bis man erstickt dran.
Jeden Morgen dasselbe.
Da sitzt du. Und hörst nicht auf, älter zu werden.
Du stinkst nach Fäulnis frühmorgens. Tagsüber sorgst du für Nachschub. Abends keuchst du, weil dir die Jauche die Atemwege blockiert.
Abgeschminkt bist du ein Wrack. Wenn dein Fleisch nicht verpackt ist, stolpert man drüber. Schlappes Gewebe.
Ausgehöhlt. Verlebt für nichts.
Noch nicht mal verhurt.
Warum trennen wir uns nicht?
Weil Überdruß Lebensimpulse vermittelt. Was soll ich mit mir *allein*? Nachsicht amüsiert nicht.
Selber Schluß machen. Raus aus den Säften, dem Schleim: Irgendwo trocknen; Stockfischprinzip.
Zu spät. Sind erst mal die Konturen verquollen, glitschst du dir weg.
Ja: Fertigmachen ist nicht Schlußmachen; schade.
Dabei ist die Ausgangsposition günstig. Schon, wie du jetzt dein Glas hältst, bringt mich normalerweise auf hundert.
Ich hab dir mal reingespuckt in deins. Auf einer Party. Eine vielbeachtete Tat.
Alle Gedanken an dich triefen, haben mit Rotz oder Speichel zu tun. Das macht: Du stehst an der Schwelle zum Sabbergreisinnentum.
Wetten? –: Du eiferst mir nach.
Aber ästhetischer, Schatz.
Oder warum heulen wir nicht wenigstens?
Geduld. *Einer* macht ja den Anfang. Die Trauer kommt, wenn es keinen Anlaß mehr gibt, sich vor dem andern zu ekeln. Da vermißt man das dann natürlich.
Irrtum. Ekel *ist* Trauer. Denn er setzt die Erinnrung an was voraus, das einem von Grund auf verhunzt worden ist.
Kindheit und Jugend, lalalala.

Mein Traum von dir.
Diese Ehe.
Oder was man so nennt.
Und deine Schönheit. Du fielst auf auf der Straße.
Du hattest *auch* deine Vorzüge.
Ich war dir treu. Nicht zu begreifen.
Du hast mir jeden meiner Seitensprünge verziehn.
Güte. Ich hab wirklich mal dran geglaubt.
Wen meinen wir eigentlich, wenn wir uns schlagen?
Frag nicht so impertinent.
Ich will keinen Freispruch.
Ich hab *dich* gemeint.
Ich hab *das* gemeint, was noch da ist von dir. Deine Restbestände.
Du mein Ruinenliebchen.
Als ich die Fehlgeburt hatte, hast du geweint.
Sei nicht so unfair.
Ich denke nur dran.
Jetzt hab ich s.
Sag es.
Ich hab deine Verlogenheit gemeint. Daß du mir damals nicht gesagt hast, was aus dir würde.
Ja: Wir haben auf die Vergänglichkeit eingedroschen.
Dem Alter nicht seine Fratze verziehen.
Gekämpft auf seiten des Todes.
Und *dafür* gelebt.
Manche werden auch neunzig.
Drohe uns nicht.
Wir hätten diese Strafe verdient.
Ich hab Schiß vor der Zelle.
Komm mit in meine, mein Feind.
Bekennst du dich schuldig?
Ich richt mich nach dir.

DIE BASIS

'n Abend, Else.
'n Abend, Walter.
Scheißwetter.
Kann man wohl sagen.

Stehst n da rum?
Bloß so.
Bloß *was.*
Kontrolliern, ob de dir auch die Stiebel ausziehst.
Sau dir doch n Teppich nich ein.
Denk, bist gefahrn.
Bin ich auch. Fahr doch immer.
Nu ja.

Irgendwas is mit dir, Else.
Soll mit mir sein.
Ärger gehabt?
Zu Hause? Mit wem denn.
Na. Geh erst mal auf s Bad.
Tu das.

Und –? Wie war s.
Satz Fräsmaschinen montiert.
Kolonne?
Nee; einzeln.
Übertreibste da nich?
Arbeit is Arbeit.

Hab dir n neues Handtuch rausgelegt.
Nehm lieber s alte. Doch Öl anne Hände gehabt.
Und warum kommste so spät.

Betriebsratssitzung.
Was Besondres?
Bloß Kleinkram.
Denn komm man.

Hauptsache, schmeckt noch.
Hast aufwärm müssen.
Macht nischt. Nu biste ja da.

Was n –: Schon wieder?
›Schon wieder‹ –: Was.
Na, saubergemacht.
Doch bloß inne Küche.
Mensch, aber wie.
Entweder oder.

Riecht nach Kohlroulade.
Genau.
Lang nich gehabt.

Kümmel is natürlich verdampft jetz.
Wetten –: Schmeckst n noch raus.
Nu ja. Soße –?
Über de Kartoffeln.

Kartoffelpreis is wirklich ne Pest.
Die heben die Ecklöhne an.
Um wieviel.
Sechsnhalb.
Solln se.

Na, denn prost.
Prost, Walter.
Flaschenbier schmeckt zu Hause am besten.
Sag ich doch immer. Da kann man s auch pflegen.
Inne Kneipe knalln se so n Kasten unter die Theke, erledigt.

Ich stell die Flasche erst kalt. Denn laß ich se langsam wieder n bißchen auf Temperatur kommen.
Genau richtig. Haste prima weg.

Hier: Kannst meine noch kriegen.
Nich doch.
Hab dich nich so.
Nee, nee, Else; wirklich.
Wenn ich dir sag: Kein Appetit.
Und warum nich?
Kennste doch: Mal hat man, mal hat man nich.
Also, denn gib schon her.
Da, noch ne Kartoffel.
Plötzlich ißt man die Dinger, als wärn se sonst was.
Dreißig Pfennig ham fünf Pfund Industriekartoffeln gekost.
Vor m Krieg.
Glaubt ei'm von n Jungen kein Mensch mehr.
Nee.

Was hast n.
Schon gut, Else.
Sag.
Im Betriebsrat is so n Blonder. Kolonnenführer. Erinnert an Erwin. Genau seine Stimme.
Komm, laß.

Der Junge hätt bestimmt gut verdient.
Hätt er. Wieder Kreuzschmerzen, Walter?
Geht.
Sagt n der Arzt.
Übliche. Daß er mich krankschreiben könnt.
Und wenn de *wirklich* mal aussteigen würdst?
Dir auf n Wecker falln? Nee.

Machst n aus, den Kasten? Irgendwie nich in Stimmung.
Hab auch keine Lust.

Manchmal is Fernsehn zum Kotzen.
Manchmal hilft s aber auch.
Weißte noch, wie se Mutter den Anschluß gesperrt ham?
Hätten se n ihr gelassen, hätt se bestimmt noch n paar Monat länger gemacht. Einfach, weil se von sich abgelenkt war.
Abgelenkt wirste.

Also, *wenn* ich vor was Schiß hab, dann *davor.*
Was meinste n.
Na, so rumsitzen. Auf Rente.
Man kann sich einrichten, Walter.
Mit der Mark rechnen, ja. Aber mit m Pfennig? Das geht gegen die Würde.
Mutter hat knapp zwohundert gehabt. Achtzig weg für die Miete; dreißig für Gas und für Licht. Trotzdem immer noch zwanzig beiseite gelegt.
Mutter konnt zaubern.
Kann *jede* Frau.
Und wenn de aus der Wohnung rausmußt?
Suchste dir eine, die billiger is.

Manchmal überleg ich, was man wohl macht.
Wie –
Na, so. Jeden Tag auf Arbeit gelatscht. Und plötzlich is Schluß.
Is ne Umstellung; gar keine Frage.
Glaub, ich würd mich n ganzen Tag auf m Werkgelände rumdrücken.
Das machste ne Woche.
Und was mach ich dann.
Dann ruhste dich aus.
Noch mal ne Woche.
Dann fängste an zu begreifen.
Daß aus is. Daß ich raussortiert bin. Alteisen.
Das haste in n Knochen. Das brauchste nich erst zu begreifen. Nee: Daß s noch was andres gibt außer Arbeit.

Schachspieln im Park. ’n Hund besorgen im Tierheim. Mal n Bierchen.
Fehlt noch was, Walter.
Schön, der Balkong: Topp Kaffee frühmorgens; nachmittags die Zeitung. ’s Kindergeschrei.
Ja und –? Is das nischt?

Machste s Fenster zu?
Mach ich.
Gleich vorbei, Else.
Schnatterst ganz schön.
Bißchen Schüttelfrost.
Bist zu lang rumgelaufen.
Na, gut: Stückchen.
Siehste. Willste noch Licht?
Nee; knips aus.
Deck dich zu.
Ja.
Besser?
Geht.
Hör mal –: Das gießt.
Sommerregen. Da wachsen die Kinder.

Erwin könnt längst verheiratet sein.
Könnt er, ja.
Enkelkinder –: Das wär was.
Ich sag, du hast was vergessen, Walter.
Was n.
Mich.

Schläfste?
Kann nich, Else.
Erinnerste dich, was wir im Krieg immer gesagt ham?
Nee.
»Einmal wieder auf m Balkong sitzen, Kaffeeduft inne Nase und hörn, wie se mit n Rollschuhn rasseln, die Kinder.«

Ja und.
Gar nischt und.

Else –
Ja.
Is schon so weit. Die ham mich entlassen.
Hab s gewußt, wie de reinkamst.
Wie n das.
Die dreckigen Stiebel. Die kriegste doch nich im Bus.
Nee.
Warum biste n nich *gleich* nach Hause gekommn.
Schiß.
Nu mach n Punkt.

Else, und jetz?
Jetz kommt se, die glückliche Zeit.
Welche.
Die de damals gemeint hast.
Du hast n Herz. Und der Junge –?!
Erwin liegt auf m Friedhof.
Und *wir*?
Wir ham uns.

LIEBE

Hörst du.
Das war weit weg.
Ich mein nicht die Schüsse.
Jetzt, ja.
Da bröckelt was.
Ein Mauerrest. Es gibt keine Mauern mehr, Schimon.
Nur noch Rattenlöcher und Keller.
Dieser Keller beschützt uns.
Ich hörte, ein Kind träumte mal, sie deportieren die Häuser.
Alle Fenster rinnt Regen herab.
Zum letzten Mal rauchen die Essen.
Die Häuser verbrennen die Erinnerungen, die sie noch an uns hatten.
Früh um sechs versammeln sie sich auf dem Appellplatz.
Es ist kalt. In ihren leeren Zimmern scheppern die Möbel.
Die kleinen und die alten Häuser werden von den größeren Häusern gestützt.
Ein ganz altes stürzt hin.
Eine beizende Mörtelstaubwolke erhebt sich. Die anderen husten.
Man hört ein paar Ziegel auf dem Kopfsteinpflaster zerschellen von der Erschütterung.
Dann werden sie aufgerufen.
Nummern haben sie ja schon *immer* gehabt.
Plötzlich entdeckt man, man hat die Synagogen vergessen.
Ja, wirklich?
Sie wurden nicht unter ›Häuser‹ geführt. Man hatte keine Rubrik für sie.
Erzähl weiter, Schimon.
Man sah auf dem Plan nach. Alle waren ordnungsgemäß eingetragen. Man schickte die Abbruchkommandos hin, die ja

auch schon den Häusern Beine gemacht hatten. Was fanden die?
Trümmer. Die Synagogen hatten selber Hand an sich gelegt.
Nein. Sie fanden *nichts*. Nicht eine einzige Torarolle. Nur ein paar eingestürzte Kellergewölbe; wie unseres hier.
Wie ist das möglich. Was war geschehen.
Es hatte noch einen Gläubigen im Getto gegeben. Der hatte ihnen zur Flucht verholfen. Sie wurden nie wieder gesehen.
Ich liebe dich, Schimon.
Ja.
Lausch nicht nach draußen. Hör unsern Atem.
Der Eingang liegt frei. Man kann ihn entdecken.
Man kann ihn auch übersehen.
Sie gehen methodisch vor. Keller um Keller. Sie sind gegen Zeugen.
Du hast die schönsten Hände, die ich kenne.
Es ist wunderbar, dich zu sehen. Aber wir hätten die Lampe nicht anzünden sollen. Die Flamme frißt uns die Luft weg.
Wir können sie löschen. Ich kann dich auswendig jetzt.
Es ist eine Karbidlampe, Lea. Das Wasser in ihr löst das Karbid so oder so auf. Wir hielten es vor Gestank nicht aus, wenn wir sie zudrehen würden.
Du hast in der Jeschiwa auch Denken gelernt, nicht wahr?
Ich hoffe, ich habe es schon ein wenig früher beherrscht.
Warum hat euch niemand gelehrt, es lohnt nicht, eine Schwierigkeit zu erwähnen, wenn man sie *doch* nicht verändern kann.
Denken kann man nur an Ausweglosem lernen. Auswegloses muß man benennen. Wie könnten sonst Philosophie und Glaube entstehen?
Ich höre dir für mein Leben gern zu.
Du meinst nicht mir, du meinst meiner Stimme.
Auch deinem Schweigen.
Da –: Hast du gehört?
Mörtel. Er rieselt von dem Mauerrest nieder.
Nein, *das* da, dies Knirschen.

Die Steine müssen sich erst ihren richtigen Platz suchen. Sie liegen noch nicht bequem.
Es waren Schritte.
Es *klang* so wie Schritte.
Man zählt die Minuten.
Wir haben Zeit, Schimon. Wir hatten noch nie so viel Zeit.
In der Orgowskijstraße haben sie noch neunzehn Menschen aus den Kellern geholt. Einfach eine Maschinenpistolensalve rein; das wirkt.
Weißt du, daß ich ständig an dich gedacht habe in der Fabrik? Niemand hat sich seine Handgriffe so schnell angeeignet wie ich. Ich wollte Zeit gewinnen. Für dich.
Hätte man gewußt, wie schnell sie vergeht, man hätte sich alles viel schärfer einzuprägen versucht.
Scharfe Blicke bekommen den Dingen nicht. Sie bekommen auch nicht der Erinnerung. Was willst du mit einem gefällten Baum? Behalte sein Blatt.
Es wandelt sich. Jetzt ist es rot. Dann welkt es, wird farblos. Dann krampft es sich wie die Hand eines Fallsüchtigen zusammen. Dann wird es spröde und durchsichtig, erinnert an das durchbrochene Tuch, das die Mutter sich an den Hohen Festtagen umband. Dann sind nur die braunen Rispen noch übrig. Schließlich gibt es nur noch das Rückgrat. Welche dieser Phasen empfiehlst du mir zu behalten?
Keine. Mach dir ein *Bild* von dem Blatt.
Ich mag keine Bilder. Sie sind starrer als feste Begriffe. Sie hängen in deinem Bewußtsein und rühren sich nicht. Sie wollen Dauer. Sie wollen Verehrung. Sie wollen verdecken.
Schließ deine Augen.
Ich seh dich noch immer.
Nein. Du siehst mein Bild.
Ich sehe, was ich mir vorstelle. Und was ich mir vorstelle, das hab ich gedacht. Ein Bild ist nicht denkbar. Denn jeder Gedanke bewegt. Ein Bild aber ist leblos. Es kann nicht durch Gedanken entstehen. Es will vorher schon dasein. Es will sie ersetzen.

Stelle dir vor, ich stehe auf dem Markt und prüfe am Gemüsestand eine Gurke.
Ich stell es mir vor. Du hast die Brauen zusammengekniffen und die Unterlippe zwischen die Zähne gezogen.
Siehst du jetzt die Delle, die unter meinem Daumen auf der Gurke zurückbleibt?
Ja. Sie taugt nichts. Du nimmst eine andere. Die sagt dir zu.
Und siehst du auch meine kleinen Geschwister?
Natürlich. Awromel hat Kirschen geklaut. Er hängt Rachel je ein Paar über ihre abstehenden Ohren.
Ein hübsches Bild.
Eben nicht. Denn jetzt rennt Awromel weg, weil ihn der Obstverkäufer entdeckt hat. Dein ›Bild‹ bewegt sich, Lea. Es ist nämlich keins. Wir haben uns das alles gedacht.
Sag mir noch mal, was ein Bild ist.
Eine Lüge. Eine Anmaßung. Es steht für etwas, das es nicht ausdrücken kann. Es ist machtlos und diktatorisch zugleich.
Es macht Spaß, mit dir zu streiten. Ich weiß zwar nicht weiter, aber du hast auch nicht recht.
Still.
Eine Sprengung.
Ja; auch. Aber ich kriege dieses Knirschen nicht aus dem Ohr. Hörst du denn nicht –? Da: jetzt wieder; fast rhythmisch.
Doch; jetzt habe ich es begriffen. Deshalb soll man sich auch kein Bild von Ihm machen. Man soll Ihn sich denken. Schimon, habe ich recht?
Ja. Ja, ja, natürlich.
Was ich immer besonders an dir bewundert habe: Du bist nicht untergegangen im Talmud und in den rabbinischen Schriften; du bist im Leben geblieben.
Der Talmud *meint* das Leben, Lea.
Ich beweise dir mit einem einzigen Satz, daß er es *nicht* meinen kann.
Wenn ich noch gläubig sein könnte, würde ich jetzt sagen müssen: Lästere nicht.

Ich stelle ja nur eine Frage. In welchem Traktat, Schimon, wird im Talmud über Schmetterlinge geredet?
Ich liebe dich, Lea.
Rate, wann ich den letzten gesehen habe.
Das muß lange her sein.
Ich hatte dich in der Jeschiwa besucht. Tante Golda mußte all ihre Beziehungen spielen lassen, daß Rabbi Jochanaan, euer Direktor, dir die drei Stunden freigab.
Es war sehr schwierig für mich. Ihr hattet etwas von einer dringenden Erbschaftsangelegenheit gesagt, und beim Abendessen hat mir ein Mitschüler einen Schilfhalm aus dem Kaftanausschnitt gezogen. Rabbi Jochanaan saß mir genau gegenüber.
Ja. Wir waren am Weichselufer spazierengegangen. Auf einem Schilfbündel hatten wir uns geliebt. Dann warst du eingeschlafen. Und da kam er.
Wer.
Der Schmetterling. So ein winziger blauer. Erst saß er auf einer Konservenbüchse. Dann auf einer Schlickbank. Dann kam er zu uns rübergetorkelt. Lausch nicht nach draußen; hör *mir* zu. Weißt du, wo er sich hingesetzt hat?
Sag es.
Auf deinen Nacken. Ich mußte den Atem anhalten. Wenn er die Flügel auf- und zuklappte, streifte er mir beinah die Wange.
Berühre die Stelle, wo er gesessen hat.
Hier.
Komm. Ich sage es dir ins Ohr: Das Geräusch rührt von Spitzhacken her. Sie legen einen Keller frei, schräg gegenüber.
Ich glaube, du hast Tante Golda immer falsch eingeschätzt; sie konnte sehr treffend aus dem Talmud zitieren.
Vielleicht hätte sie von dieser Fähigkeit ein wenig schonender Gebrauch machen sollen. Für die meisten Anlässe hätten durchaus auch die Sprüche auf ihrem Küchenkalender genügt.

Sie sagte immer zu meinem Onkel, Reb Jakov: »Warum hat deine Talmudausgabe nur zwölf Folianten? Ich will es dir sagen: Weil ihr Gelehrten zu faul seid, am Talmud weiterzuschreiben. Ihr studiert ihn bloß. Ihr paßt ihn nicht mehr der Wirklichkeit an.«

Hätte sie sich ihr Pincenez tatsächlich zum Studium auf die Nase geklemmt und nicht nur, um sich wichtigzutun, wäre ihr gewiß aufgefallen, es gibt Wirklichkeiten in Tora und Talmud, die sind noch gar nicht für unsere Zeiten gedacht.

Kommt der Messias, Schimon?

Natürlich *nie*. Mit seinem Kommen würden doch in Zukunft alle Hoffnungen auf ihn zunichte gemacht.

Aber warum wird sein Kommen trotzdem verkündet?

Um auch denen, die tiefer verzweifelt sind als wir, noch den Ausweg in die Hoffnung zu lassen.

Aber dann ist er doch eine Lüge, ein Popanz!

Was noch nicht *ist*, kann auch keine Lüge, kein Popanz sein, Lea.

Aber was kommen soll, muß schon irgendwo existieren.

Ja. Als Verheißung.

Schimon: Was ist eine Verheißung, die nicht eingelöst wird?

Das Wesen des Glaubens.

Ich verstehe dich immer ein Stück; dann ist es aus. Doch ich spüre, du sagst das alles sehr überzeugend.

Wenn wir geheiratet hätten, hättest du mich nach und nach besser verstanden.

Tante Golda hat noch nie ein größeres Intrigennetz ausgeworfen, als es deinetwegen geschah. »Schimon wird der jüngste Gemeinde-Rabbiner, den es je gab«, hat sie immer gesagt.

Hör nicht hin.

Was war das.

Eine Salve aus einer Maschinenpistole.

Nein; das danach.

Ein Schrei.

Noch ein Schuß.

Jetzt kommt es drauf an.

Vielleicht bleiben sie drüben.
Vielleicht wäre ich aber auch *ohne* sie kein Rabbiner geworden. Rabbi Jochanaan hatte einen Wahlspruch, er hieß: ›Lieber im Kleiderhandel ein Weiser, als in der Synagoge ein Ignorant.‹
Aber wen kann ein guter Rabbiner denn ignorieren?
Den Kleiderhandel, Lea.
Dann hatte Tante Golda *doch* recht.
Im Prinzip ja. Doch ihr hat das Wissen gefehlt. Pure Erleuchtungen besagen noch nichts.
Wußtest du, daß viele dich ›den Gerechten‹ genannt haben, Schimon?
Ja; und ich bin stolz darauf gewesen. Einen stolzen Gerechten aber kann es nicht geben. Also bin ich auch keiner.
Die Logik Rabbi Jochanaans muß aber nicht die *einzig* gültige sein.
Ich gebe dir recht. Ich hätte mich auch als Partisan ausbilden lassen können, statt in die Jeschiwa zu gehen.
Sag mir: Was hat unsern Vätern die Tora genützt.
Viel. Denn fast alle sind getröstet gestorben. Auch als Verfolgte. Auch bei Progromen.
Ist eigentlich auch schon mal einer, der getötet werden sollte, mit Hilfe der Lehre am Leben geblieben?
Bestimmt gibt es eine Menge rührender Legenden darüber.
Wo ist Gott, Schimon.
Er lebt.
Ich frage, wo er ist.
Er lebt in der Verbannung.
Warum geht er nicht sterben mit uns.
Er möchte. Doch er kann nicht.
Er kann sich noch nicht einmal umbringen?!
Wenn er sich umbrächte, wie könnte er dann die Vorwürfe der Überlebenden sammeln?
Was soll er aus denen schon machen.
Wenn aus Tränen und Zorn nichts gemacht werden kann, woraus *dann?*

Und wenn wir *wirklich* einen Kleiderhandel aufgemacht hätten?
Es wäre denkbar gewesen.
Hätten wir auch Kinderkleidung mit in s Geschäft reingenommen?
Ganz sicher.
Awromel hatte sich immer eine Matrosenbluse gewünscht.
Rück näher. Sie kommen.
In der Zbingjewstraße habe ich in einem Schaufenster mal ein dunkelblaues plissiertes Trägerröckchen gesehen. Das wäre genau das Richtige für Rachel gewesen.
Hier ist *auch* noch n verschlossener Keller!
Aufbrechen. Los.
Ich wäre gern alt geworden mit dir, Lea.
Wir *sind* miteinander alt geworden. Dieser Keller bewahrt unsere Ewigkeit, Schimon.
Jetzt paßt sie in eine Sekunde.
Schließ die Augen.
Du auch.
Ja.
Siehst du mich?
So deutlich, wie noch nie.
Ich sehe dich auch.
Und es ist kein Bild, Schimon. Ich denk dich.
Du lernst bis zuletzt.
Ich liebe dich.
Tatsache –: *Immer* noch zwei!
Ich liebe dich, Lea.

Wolfdietrich Schnurre: *Werkauswahl*

Eine Rechnung, die nicht aufgeht. Erzählungen. Olten und Freiburg 1958. Vergriffen.

Als Vaters Bart noch rot war. Ein Roman in Geschichten. Mit Illustrationen des Autors. Zürich 1958.

Das Los unserer Stadt. Eine Chronik. Olten und Freiburg 1959. Vergriffen.

Man sollte dagegen sein. Geschichten. Olten und Freiburg 1960. Vergriffen.

Die Aufzeichnungen des Pudels Ali. Durchgesehene und überarbeitete Ausgabe. Mit Illustrationen des Autors. Olten und Freiburg 1962.

Funke im Reisig. Erzählungen. Olten und Freiburg 1963. Vergriffen.

Ohne Einsatz kein Spiel. Heitere Geschichten. Mit Illustrationen des Autors. Olten und Freiburg 1964. Vergriffen.

Kassiber/Neue Gedichte. Frankfurt am Main 1964. Vergriffen.

Die Erzählungen. Olten und Freiburg 1966. Vergriffen.

Was ich für mein Leben gern tue. Hand- und Fußnoten. Mit Illustrationen des Autors. Neuwied 1967. Vergriffen.

Schnurre heiter. Heitere Geschichten. Mit Illustrationen des Autors. Olten und Freiburg 1970. Vergriffen.

Der Spatz in der Hand. Fabeln und Verse. Mit Illustrationen des Autors. München 1971.

Ich frag ja bloß. Großstadtkinderdialoge. München 1973.

Der wahre Noah. Neuestes aus der Sintflutforschung. Mit Illustrationen des Autors. Zürich 1974.

Schnurren und Murren. Kinderbuch. Mit Illustrationen des Autors. Recklinghausen 1974.

Eine schwierige Reparatur. Erzählung. Mit Illustrationen des Autors. Düsseldorf 1976.

Wolfdietrich Schnurre: *Taschenbuchausgaben*

Eine Rechnung, die nicht aufgeht. List Bücher, Nr. 149. München 1962, dtv 1975.

Als Vaters Bart noch rot war. Ein Roman in Geschichten. Mit Illustrationen des Autors. Ullstein Bücher, Nr. 382. Frankfurt/M., Berlin, Wien 1963/1975.

Das Los unserer Stadt. Durchgesehene und überarbeitete Ausgabe. Sonderreihe dtv, Nr. 17. München 1963. Vergriffen.

Man sollte dagegen sein. Geschichten. Fischer Bücherei, Nr. 628. Frankfurt/M. 1964. Vergriffen.

Die Aufzeichnungen des Pudels Ali. Mit Illustrationen des Autors. dtv Nr. 301. München 1965/75.

Spreezimmer möbliert. Hörspiele. Sonderreihe dtv, Nr. 56. München 1967. Vergriffen.

Ohne Einsatz kein Spiel. Heitere Geschichten. Mit Illustrationen des Autors. Fischer Bücherei, Nr. 889. Frankfurt/M. 1968. Vergriffen.

Funke im Reisig. Erzählungen. Fischer Bücherei, Nr. 1055. Frankfurt/M. 1969. Vergriffen.

Die Zwengel. Kinderbuch. Illustriert vom Autor. dtv junior, Nr. 7070. München 1972.

Auf Tauchstation. Und 18 weitere Begebenheiten. Mit Illustrationen des Autors. Ullstein Bücher, Nr. 2939. Frankfurt/M., Berlin, Wien 1973.

Was ich für mein Leben gern tue. Hand- und Fußnoten. Mit Illustrationen des Autors. Ullstein Bücher, Nr. 3126. Frankfurt/M., Berlin, Wien 1974.